刘亮程
作　品

I Hide
My Hometown
Behind Me

我把故乡藏在身后

刘亮程 —— 著

图书在版编目（CIP）数据

我把故乡藏在身后 / 刘亮程著. -- 成都：天地出版社, 2025. 1. （2025.4重印）-- ISBN 978-7-5455-8564-3

Ⅰ. I217.2

中国国家版本馆CIP数据核字第20244TK164号

WO BA GUXIANG CANG ZAI SHEN HOU

我把故乡藏在身后

出 品 人	杨　政
作　　者	刘亮程
责任编辑	孙若琦
责任校对	杨金原
封面设计	日　尧
内文排版	焕　之
责任印制	王学锋

出版发行	天地出版社
	（成都市锦江区三色路238号　邮政编码：610023）
	（北京市方庄芳群园3区3号　邮政编码：100078）
网　　址	http://www.tiandiph.com
电子邮箱	tianditg@163.com
经　　销	新华文轩出版传媒股份有限公司

印　　刷	北京天宇万达印刷有限公司
版　　次	2025年1月第1版
印　　次	2025年4月第2次印刷
开　　本	880mm×1230mm　1/32
印　　张	6.75
字　　数	141千字
定　　价	58.00元
书　　号	ISBN 978-7-5455-8564-3

版权所有◆违者必究

咨询电话：(028)86361282（总编室）

购书热线：(010)67693207（营销中心）

如有印装错误，请与本社联系调换。

故乡是一个人的羞涩处,
也是一个人最大的隐秘。
我把故乡隐藏在身后,
单枪匹马去闯荡生活。
我在世界的任何一个地方
走动、居住和生活,
那不是我的,
我不会留下脚印。

目录

第一部分：我另外的一生已经开始

高处	004
走近黄沙梁	009
好多树	012
留下这个村庄	016
我另外的一生已经开始	021
一条土路	026
一个人的村庄	028

第二部分：在新疆

最后的铁匠	054
尘土	061
喀纳斯灵	064
远路上的新疆饭	083
牧游草原	096
托包克游戏	106
两个古币商	113

龟兹驴志	119
月光里的贼	127
一九九九：一张驴皮	142
后父的老	158

第三部分：张欢阿健的童年

张欢阿健的童年	164

我留下贫穷，让她继承；留下苦难，让她承担。
我没留下快乐，她要学会自己寻找，在最简单的生活中
找到快乐，把自己漫长的一生度过。

第一部分

我另外的一生已经开始

高处

一、高处

房子很高，木梯也不结实。我独自爬上房顶往下搬东西。都是些没用的东西，因为没用被放到了高处，多少年房子承受它们，现在快塌了。房顶到处是窟窿，墙上也布满大大小小的裂缝。我一件一件往下扔。开始扔一些小东西，后来扔大东西，它们坠地的声音越来越大，在村子里引起接连不断的巨大回声。我被震住了，站在房上呆呆地不敢动。村子里空荡荡的，又刮起了风，树上没一片叶子，天空也没一点东西飘过。突然又剩下我一个人。梯子趴在墙上，短了半截子，我一下害怕起来，想喊，又不敢叫出声——好多年前母亲让我站在房上看父亲回来没有的那个晚上也是这种感觉。我挪动了两步，房顶嘎巴巴响。我俯下身，趴在一个窟窿上朝里面望，看见家里人全在屋子里，好像刚吃过饭。屋子里很暗，却一切都能看见。父亲斜躺在炕里边抽烟。母亲坐在炕沿纳鞋底，饭桌上堆满空碗，人都没散，静悄悄地围坐在桌子边，大哥、三弟、四弟、梅子，我看见坐在他们中间的我，戴一顶旧黄帽子，又瘦又小，愣愣地想着事情，突然仰起头，惊讶地看着屋顶窟窿上望着自己的一张脸。

二、谁惊扰了我

谁惊扰了我的生长。那时候，我或许会长出更粗壮的枝，生出更多叶子。我或许会朝着夕阳里一只蜻蜓飞去的方向，一直地生活下去。跟一匹逃跑的马去了我不知道的遥远天地，多少年后把骨头和皮还回到村子。或许像一汪水，在某个中午的阳光中，静悄悄地蒸散，变成一朵云在村子上空游来飘去。只有我知道我还在这里。

多少年前，我埋首在这个村庄的土路上慢悠悠走动的时候，心里藏着一个美好去处。尽管我知道这条土路永远通不到那里，但我一直都朝着那个去处不停地迈动脚步：我放牛去野滩的路，上河湾背柴的路，一早扛锨出去傍晚挟一捆青草回来的路，上房顶扒草垛的路，全朝着一个方向。在这块小小的土地上，我来去往返地走了太多的回头路。那时没有人能告诉我，当我这样走到五十岁时，是否离我的目标更近一些呢。

——谁在那时候从背后"呔"地大喝一声,我猛一抬头,一切都停顿了,消散了。我回过神再走时,已经找不见那个去处。生活变得实际而具体。等候我的是一些永远明摆的活儿:赶车、收麦子、劈柴、上河湾割草……

谁的惊扰使我生长成现在这个样子。

或许从来没有。

我沿那条布满阴影的村巷奔跑时,追赶我的只是一场漆黑的大风。让我从村东游逛到村西的,只是和我一样慢悠悠移动的闲淡光阴。我偶尔仰起头,只为云朵和鸟群。我身体里的阵阵激动,是远胜于这个村庄的——另一个村庄的马嘶驴鸣。

三、我受的教育

我会慢慢悟知你对我的全部教育。这一生中,我最应该把那条老死窝中的黑狗称师傅,将那只爱藏蛋的母鸡叫老师。它们教给我的,到现在我才用了十分之一。

如果再有一次机会出生,让我在一根木头旁待二十年,我同样会知道世间的一切道理。这里的每一件事物都蕴含了全部。

一头温顺卖力的老牛教会谁容忍。一头犟牛身上的累累鞭痕让谁体悟到不顺从者的罹难和苦痛。树上的鸟也许养育了叽叽喳喳的多舌女人。卧在墙根的猪可能教会了闲懒男人。而遍野荒草年复一年荣枯了谁的心境。一棵墙角土缝里的小草单独地教育了哪一个人。天上流云东来西去带走谁的心。东荡西荡的风孕育了谁的性情。起伏向远的沙梁造就了谁的胸襟。谁在一声虫鸣里醒来,一声狗吠中睡去。一片叶子落下谁的一生。一粒尘土飘起谁的一世。

谁收割了黄沙梁后一百年里的所有收成,留下空荡荡的年月等人们走去。

最终是那个站在自家草垛粪堆上眺望晚归牛羊的孩子,看到了整个的人生世界。那些一开始就站在高处看世界的人,到头来只看见一些人和一些牲口。

四、村庄的头

谁是你伸向天空的手——炊烟、树、那根直戳戳插在牛圈门口的榆木桩子,还是我们无意中踩起的一脚尘土。

谁是你永不挪动却转眼间走过许多年的那只脚——盖房子时垫进墙基的沙石、密密麻麻扎入土地的根须、那些深陷泥泞的马蹄牛蹄。或许它一直在用一只蚊子的细腿走路。一只蚂蚁的脚或许就是村庄的脚。它不停地走,还在老地方。

谁是你默默注视的眼睛呢。

那些晃动在尘土中的驴的、马的、狗的、人和鸡的头颅中,哪一颗是你的头呢。

我一直觉得扔在我们家房后面那颗从来没人理识的榆木疙瘩，是这个村庄的头。它想了多少年事情。一只鸡站在上面打鸣又拉粪，一个人坐在上面说话又放屁，一头猪拱翻它，另一面朝天。一个村庄的头低埋在尘土中，想了多少年事情。

谁又是你高高在上的魂呢。

如果你仅仅是些破土房子、树、牲畜和人，如果你仅仅是一片含沙含碱的荒凉土地，如果你真的再没有别的，这么多年我为什么总忘不掉你呢。

为啥我非要回到你的旧屋檐下听风躲雨，坐在你的破墙根晒最后的日头呢。

别处的太阳难道不照我，别处的风难道不吹我的脸和衣服。

我为啥非要在你的坑洼路上把腿走老，在你弥漫尘土和麦香的空气中闭上眼，忘掉呼吸。

我很小的时候，从一棵草、一只鸡、一把铁锨、半碗米开始认识你。当我熟悉你所有的事物，我想看见另一种东西，它们指给我——那根拴牛的榆木桩一年一年地指着高处，炊烟一日一日地指向高处，所有草木都朝高处指。

我仰起头，看见的不再是以往空虚的天际。

走近黄沙梁

我一直在找一个机会回来,二十年前,当我坐在装满旧家具和柴火木头的拖拉机上,看着黄沙梁村一摇一晃远去时,我就想到了我还会回来。那时我并不知道这个小村庄对我的一生有多大意义。它像做一件泥活儿一样完成了我。在我像一团泥巴可以捏来塑去的那时,它把我顺手往模子里一扔,随意捣揉一番,一块叫刘二的土块便成形了。在那一刻,我还有许多重塑的机会,如果它觉得不满意,可以揉扁,洒点水,重脱一次,再重脱一次。但我知道一个村庄不会把更多的时间花在一个人身上,尽管一个人可以把一生时光耗费到村庄。可是现在不行了。土块已经变硬、成形。我再也无法成为另外一个人。甚至,无法再成为别的地方的人。尽管我以后去过许多地方,在另外的土地和人群中生活多年,它们最终没有改变我。在我对许许多多的人生目标感到无望和淡漠时，我发现自己正一步步地走近这个叫黄沙梁的村子。

我记得我们是在哗哗的落叶声里离开黄沙梁村。满天空飞着叶子，拖拉机碾起的一长溜尘土，像一面大旗向东飘扬。我记住那场风的颜色，金黄金黄。记住那些树在风中弯曲的样子，这跟每年秋天的风没什么不同。每年秋天，我们都在一场一场的西风里，把田野上最后的一点粮食收回来，最后一片禾秆割倒，拉回家码上草垛，赶到头一场雪落下时，地里的活儿已全部干完，一年就算结束了。腾空的田野里除了放牲口、落雪，再没有人的事情。

只是这一次，我们在这片田野上的活儿彻底干完了。我们扔下几十年的生活。不知将要搬去的那地方的风会怎样地吹刮我们。

拖拉机刚一出村两个妹妹便哭了。母亲一声不吭。我侧躺在车厢的最后面，面朝着村子，一把干草遮在脸上，泪水禁不住流了出来。

这是我们第二次搬家了。

应该是第三次。第一次是父母从甘肃逃荒到新疆。我从没问过母亲，从甘肃金塔县到新疆乌鲁木齐再到沙湾县城那段漫长路途中发生的事情，我相信属于母亲的记忆，迟早会传到我这里。

"到老黄渠村的第二年你就出生了，生在你父亲挖的地窝子里。进新疆时我们家四口人，你来了，又多了一口。"

早年我听母亲说起过一次。我有心没心地听着,像听一件跟自己没关系的事情。母亲说的是她自己的记忆。我还不知道那时我一睁眼看见的、我在母亲腹中听见和感觉到的一切是什么样子。

"我们在金塔住高高的房子,到新疆住进一个挖在地下的坑洞里,里面阴冷潮湿,我还想着,我在这个黑洞洞的地窝子里能生出一个怎样的孩子。

"你在肚子里动的时候我有一种奇怪的感觉,觉得你已经懂事了,啥都知道。生你大哥时我没感到什么,生你弟弟妹妹时也没这种感觉。"

"你爹给你起了小名,叫进疆子。意思是进新疆得子。后来又起了大名,里面有了个亮字。"

从我记事起村里人就叫我刘二,一直这样叫。家从老黄渠村搬到黄沙梁后还这样叫。他们叫我大哥刘大,叫我两个弟弟刘三、刘四。我知道如果我不离开黄沙梁,等我五十岁或六十岁时,他们就会叫我刘老二。

好多树

我离开的时候，我想，无论哪一年，我重新出现在黄沙梁，我都会扛一把锨，轻松自若地回到他们中间。像以往的那些日子一样，我和路上的人打着招呼，说些没用的话。跟擦肩而过的牲畜对望一眼。扬锨拍一下牛屁股，被它善意地尥一蹄子，笑着跑开几步。我知道该在什么地方，离开大路，顺那条杂草拥围的小路走到自己的地里。我知道干剩下的活儿还在等着我呢——那块翻了一半的麦茬地，没打到头的一截埂子，因为另一件事情耽搁没有修通的一段毛渠……只要我一挥锨，便会接着剩下的那个茬干下去。接着那时的声音说笑，接着那时的情分与村人往来，接着那时的早和晚、饱和饥、手劲和脚力。

事实上许多年月使我再无法走到这个村庄跟前，无法再握住从前那把锨。

二十年前我翻过去的一锨土，已经被人翻回来。

这个村庄干了件亏本的事。它费了那么大劲，刚把我喂养到能扛锨、能挥锄、能当个人使唤时，我却一拍屁股离开了它，到别处去操劳卖力。

我可能对不住这个村子。

以后多少年里，这片田野上少了一个种地的人，有些地因此荒芜。路上少了一个奔波的人，一些尘土不再踩起，一些去处因此荒寂。村里少了一个说话的人，有些事情不再被说出。对黄沙梁来说，这算多大的损失呢。

但另一方面，村里少了一个吃饭的人、一个吸气喝水的人、一个多少惹点是非想点馊主意的人、一个夜夜做梦并把梦当真的人，村里的生活是否因此清静而富裕。

那时候，我曾把哪件割舍不下的事交代委托给别人。

我们做过多么久远的打算啊——把院墙垒得又高又厚实，每年在房子周围的空地上栽树，树干还是锨把粗的时候，我们便已经给它派上了用途。

这棵树将来是根好椽子料呢。

说不定能长成好檩条，树干又直又匀称。

到时候看吧，长得好就让它再长几年，成个大材。长不好就早砍掉，地方腾出来重栽树。

这棵就当辕木吧，弯度正合适，等它长粗，我们也该做辆新牛车了。

哎，这棵完蛋了，肯定啥材都不成，栽时挺直顺的，咋长着长着树头闪过来了，好像它在躲什么东西。

一颗飞过来的土块？它头一偏，再没回过去。

或许它觉得，土块还会飞过来，那片空间不安全，它只好偏着头斜着身子长。

我总觉得，是只鸟压弯的。一只大鸟。落到树梢上，蹲了一晚上。

一只大鸟。

那它一直看着我们家的房子。

看着我们家的门和窗子。看着我们家的灶台和锅。

那个晚上，没有一个人出来。狗睡着了。搭在细绳上的旧衣服，魂影似的摆晃着。

可能有月亮，院子照得跟白天一样。

放在木车上的铁锨，白刃闪着光。

那时我们全做梦去了。在梦中远离家乡。一只鸟落在屋旁的树梢上，一动不动，盯着我们空落落的屋院，看了一晚上。

它飞走的时候，树梢再没有力气抬起头来。

我们早帮帮它就好了，用根木头并住，把它绑直。可是现在不行了。

它们最终一棵都没长成我们希望的那么粗。

我们在黄沙梁的生活到头了。除了有数的几棵歪柳树，有幸留下来继续生长，其余的全被我们砍了去。它们在黄沙梁的生长到此为止。根留在土里，或许来年生发出几枝嫩芽，若不被牛啃掉、孩子折掉，多少年后会长成粗实茂盛的一棵树。不过，那都是新房主冯三的事了。他一个光棍，没儿没女，能像我们一样期望着一棵棵的树长大长粗，长成将来生活中一件件有用的东西吗。

我只记得我们希望它长成好橡子的那棵，砍去后做了锨把，稍粗，刮削了一番，用了三五年，后来别断了，扔在院子里。再后来就不见了。元兴宫的土地比黄沙梁的僵硬，挖起来费锨又费力，根本长不出好东西。父亲一来到这个村子便后悔了。我们从沙漠边迁到一个荒山坡上。好在总算出来了。元兴宫离县城很近，二十多公里，它南边的荒山中窝着好几个更偏远贫僻的村子，相比之下它是好地方了。黄沙梁却无法跟谁比，它最僻远。

另一棵，我们曾指望它长成檩条的那棵，在元兴宫盖房子时本打算用作椽子，嫌细，刮了皮更显细弱，便被扔到一边，后来搭葡萄架用上了，担在架顶上，经过几年风吹日晒，表皮黑旧不说，中间明显弯垂下来。看来它确实没有长粗，受不住多少压力。不知我们家往县城搬迁时，这根木头扔了还是又拉了回来。我想，大概我已经不认识它了。几经搬迁，我们家的木头有用的大都盖了房子，剩几根弯弯扭扭的，现在，扔在县城边的院子里，和那堆梭梭柴躺在一起，一天天地朽去。

留下这个村庄

我没想这样早地回到黄沙梁。应该再晚一些。再晚一些。黄沙梁埋着太多的往事。我不想过早地触动它。一旦我挨近那些房子和地，一旦我的脚踩上那条土路，我一生的回想将从此开始。我会越来越深地陷入以往的年月里，再没有机会扭头看一眼我未来的日子。

我来老沙湾只是为了离它稍近一些，能隐约听见它的一点声音，闻到它的一丝气息。我给自己留下这个村庄，今生今世，我都不会轻易地走进它、打扰它。

我会克制地，不让自己去踩那条路、推那扇门、开那页窗……在我的感觉中它们安静下来，树停住生长，土路上还是我离开时的那几行脚印，牲畜和人，也是那时的样子，走或叫，都无声无息。那扇门永远为我一个人虚掩着，木窗半合，树叶铺满院子，风不再吹刮它们。

我曾在一个秋天的傍晚，站在黄沙梁东边的荒野上，让吹过它的秋风一遍遍吹刮我的身体。我本来可以绕过河湾走进村子，却没这样做。我在荒野上找我熟悉的一棵老榆树。连根都没有了。根挖走后留下的树坑也让风刮平了。我只好站在它站立过的那地方，像一截枯木一样，迎风张望着那个已经光秃秃的村子。

　　我太熟悉这里的风了。多少年前它这样吹来时，我还是个孩子。多少年后我依旧像一个孩子，怀着初次的，莫名的惊奇、惆怅和欢喜，任由它一遍遍地吹拂。它吹那些秃墙一样吹我长大硬朗的身体。刮乱草垛一样刮我的头发。抖动树叶般抖我浑身的衣服。我感到它要穿透我了。我敞开心，松开每一节骨缝，让穿过村庄的一场风，呼啸着穿过我。那一刻，我就像与它静静相守的另一个村庄。它看不见我。我把它的一草一木，一事一物，把所有它知道不知道的全拿走了，收藏了，它不知觉。它快变成一片一无所有的废墟和影子了，它不理识。

　　还有一次，我几乎走到这个村庄跟前了。我搭乘认识不久的一个朋友的汽车，到沙梁下的下闸板口村随他看亲戚。一次偶然相遇中，这位朋友听说我是沙湾县人，就问我知不知道下闸板口村，他的老表舅在这个村子里，也是甘肃人，三十年前逃荒进新疆后没了音信，前不久刚联系上。他想去看看。

　　我说我熟悉那个地方，正好也想去一趟，可以随他同去。

我没告诉这个朋友我是黄沙梁人。一开始他便误认为我在沙湾县城长大。我已不太像一个农民。当车穿过那些荒野和田地，渐渐地接近黄沙梁时，早年的生活情景像泉水一般涌上心头。有几次，我险些就要忍不住说出来了，又觉得不应该把这么大的隐秘告诉一个才认识不久的人。

故乡是一个人的羞涩处，也是一个人最大的隐秘。我把故乡隐藏在身后，单枪匹马去闯荡生活。我在世界的任何一个地方走动、居住和生活，那不是我的，我不会留下脚印。

我是在黄沙梁长大的树木，不管我的权伸到哪里，枝条蔓过篱笆和墙，在别处开了花结了果，我的根还在黄沙梁。

他们整不死我，也无法改变我。

他们可以修理我的枝条，砍折我的丫杈，但无法整治我的根。他们的刀斧伸不到黄沙梁。

我和你相处再久，交情再深，只要你没去过（不知道）我的故乡，在内心深处我们便是陌路人。

汽车在不停的颠簸中驶过冒着热气的早春田野，到达下闸板口村已是半下午。这是离黄沙梁最近的一个村子，相距三四里路。我担心这个村里的人会认出我。他们每个人我看着都熟悉，像那条大路那片旧房子一样熟悉。虽然叫不上名字。那时我几乎天天穿过这个村子到十里外的上闸板口村上学，村里的狗都认下我，不拦路追咬了。

我没跟那个朋友进他老表舅家。我在马路上下了车。已经没人认得我。我从村中间穿过时，碰上好几个熟人，他们看一眼我，原低头走路或干活儿。蹿出一条白狗，险些咬住我的腿。我一蹲身，它后退了几步。再扑咬时被一个老人叫住。

"好着呢嘛，老人家。"我说。

我认识这个老人。我那时经常从他家门口过。这是一大户人家，院子很大，里面时常有许多人。每次路过院门我都朝里望一眼。有时他们也朝外看一眼。

老人家没有理我的问候。他望了一眼我，低头摸着白狗的脖子。

"黄沙梁还有哪些人？"我又问。

"不知道。"他没抬头，像对着狗耳朵在说。

"王占还在不在？"

"在呢。去年冬天见他穿个皮袄从门口过去。不过也老掉了。"他仍没抬头。

我又问了黄沙梁的一些事情，他都不知道。

那村子经常没人。他说，尤其农忙时一连几个月听不到一点人声。也不知道在忙啥。

我走出村子，站在村后的沙梁上，久久久久地看着近在眼底的黄沙梁村。它像一堆破旧东西扔在荒野里。正是黄昏，四野里零星的人和牲畜，缓缓地朝村庄移动。到收工回家的时候了。烟尘稀淡地散在村庄上空。人说话的声音、狗叫声、开门的声音、铁锨锄头碰击的声音……听上去远远的，像远在多少年前。

我莫名地流着泪。什么时候，这个村庄的喧闹中，能再加进我的一两句声音，加在那声牛哞的后面，那个敲门声前面，或者那个母亲叫唤孩子的声音中间……

　　我突然那么渴望听见自己的声音，哪怕极微小的一声。

　　我知道它早已经不在那里。

我另外的一生已经开始

我说不出有四个孩子那户人家的穷。他们垒在库车河边的矮小房子,萎缩地挤在同样低矮的一片民舍中间。家里除了土炕上半片烂毡,和炉子上一只黑黑的铁皮茶壶,再什么都没有。没有地,没有果园,没有生意。四个未成年的孩子,大的十二三岁,小的几岁,都待在家里。母亲病恹恹的样子,父亲偶尔出去打一阵零工。我不知道他们怎么生活。快中午了,那座冷冷的炉子上会做出怎样一顿饭食,他们的粮食在哪里。

我同样说不出坐在街边那个老人的孤独,他叫阿不利孜,是亚哈乡农民。他说自己是挖坎土曼的人,挖了一辈子,现在没劲了。村里把他当"五保户",每月给一点口粮,也够吃了,但他不愿待在家等死,每个巴扎日他都上老城来。他在老城里有几个"关系户",隔些日子他便去那些人家走一趟，他们好赖都会给他一些东西：一块馕、几毛钱、一件旧衣服。更多时候他坐在街边，一坐大半天，看街上赶巴扎的人，听他们吆喝、讨价还价。看着看着他瞌睡了，头一歪睡着。他对我说，小伙子，你知道不知道，死亡就是这个样子，他们都在动，你不动了。你还能看见他们在动，一直地走动，却没有一个人走过来，喊醒你。

这个老人把死亡都说出来了，我还能说些什么。

我只有不停地走动。在我没去过的每条街每个巷子里走动。我不认识一个人，又好似全都认识。那些叫阿不都拉、买买提、古丽的人，我不会在另外的地方遇见。他们属于这座老城的陈旧街巷。他们低矮得都快碰头的房子、没打直的土墙、在尘土中慢慢长大却永远高不过尘土的孩子。我目光平静地看着这些时，的确心疼着在这种不变的生活中耗掉一生的人们。我知道我比他们生活得要好一些，我的家景看上去比他们富裕。我的孩子穿着漂亮干净的衣服在学校学习，我的妻子有一份收入不菲的体面工作，她不用为家人的吃穿发愁。

可是，当我坐在街边，啃着买来的一块馕，喝着矿泉水，眼望走动的人群时，我知道我和他们是一样的，尘土一样多地落在我身上。我什么都不想，有一点饥饿，半块馕就满足了。有些瞌睡，打个盹儿又醒了。这个时刻一直地延长下去，我也可以和他们一样，在老城的缓慢光阴中老去。我的孩子一样会光着脚，在厚厚的尘土中奔来跳去，她的欢笑一点儿不会比现在少。

我能让这个时刻一直地延长下去吗？

这一刻里我另外的一生仿佛已经开始。我清楚地看见另一种生活中的我自己：眼神忧郁，满脸胡须，背有点驼。名字叫亚生，或者买买提，是个木工、打馕师傅，或者是铁匠，会一门不好不坏的手艺。年轻时靠力气，老了靠技艺。我打的镰刀把多少个夏天的麦子割掉了，可我，每年挣的钱刚够吃饱肚子。

我没有钱让我的女儿上学，没有钱给她买漂亮合身的衣服。她的幸福在哪里我不知道，她长大，我长老。等她长大了还要在这条老街上寻食觅吃，等我长老了我依旧一无所有。

你看，我的腿都跑坏了还是找不到一个好的归宿，我的手指都变僵硬了还没挣下一点儿养老的粮食。

我会把手艺传给女儿，教她学打铁，像吐迪家的女铁匠一样，打各种精巧耐用的铁器，挂在墙上等人来买。我不知道她是否喜欢这种叮叮当当的生活，不喜欢又能去做什么。如果我什么手艺都没有，我就教她最简单简朴的生活，像巴扎上那些做小买卖的妇女，买一把香菜，分成更小的七八把，一毛钱一把地卖，挣几毛钱算几毛。重要的是我想教会她快乐。我留下贫穷，让她继承；留下苦难，让她承担。我没留下快乐，她要学会自己寻找，在最简单的生活中找到快乐，把自己漫长的一生度过。

我不知道这种日子的尽头是什么。我的孩子，没人教她自己学会舞蹈，快乐的舞蹈、忧伤的舞蹈。在土街土巷里跳，在果园葡萄架下跳。没有红地毯也要跳，没有弹拨儿伴奏也要跳。学会唱歌，把快乐唱出来，把忧伤唱出来，唱出祖祖辈辈的梦想。如果我们的幸福不在今生，那它一定会在来世。我会教导我的孩子去信仰。我什么都没留下，如果再不留给她信仰，她靠什么去支撑漫长一生的向往。

如果我死了——不会有什么大事，只是一点小病，我没钱去医治，一直地拖着，小病成大病，早早地把一生结束了。那时我的女儿才有十几岁，像我在果园小巷遇到那个叫古丽莎的女孩一样，她十二岁没有了父亲，剩下母亲和一个妹妹。她从那时起辍学打工，学钉箱子。开始每月挣几十块钱，后来挣一百多块，现在她十七岁了，已经是一个技艺娴熟的制箱师傅，一家人靠她每月二百五十元到三百元的收入维持生活。

古丽莎长得清秀好看，一双水灵的大眼睛里，闪烁着她这个年龄女孩子少有的忧郁。那个下午，我坐在她身旁，看她熟练地把铜皮包在木箱上，又敲打出各种好看的图案。我听她说家里的事：母亲身体不好，一直待在家，妹妹也辍学了，给人家当保姆。我问一句，古丽莎说一句，我不问她便低着头默默干活儿，有时抬头看我一眼。我不敢看她的眼睛，那时刻，我就像她早已过世的父亲，羞愧地低着头，看着她一天到晚地干活儿，小小年纪就累弯了腰，细细的手指变得粗糙。我在心里深深地心疼着她，又面含微笑，像另外一个人。

如果我真的死了，像经文中说的那样，我会坐在一颗闪亮的星宿上，远远地望着我生活过的地方，望着我在尘土中劳忙的亲人。那时，我应该什么都可以说出来，一切都能够说清楚。可是，那些来自天上的声音，又是多么的遥远模糊。

一条土路

每个村庄都用一条土路与外面世界保持着坑坑洼洼的单线联系，其余的路只通向自己。

每个村庄都很孤独。

他们把路走成这个样子，他们想咋走就咋走。咋走也走不到哪里。人的去处也是一只鸡、一头驴、一只山羊的去处。这条土路上没有先行者，谁走到最后谁就是幸福的。谁也走不到最后。

磨掉多少代生灵路上才能起一层薄薄的溏土。人的影子一晃就不见了，生命像根没咋用便短得抓不住的铅笔。这些总能走到头的路，让人的一辈子变得多么狭促而具体。

走上这条路你就马上明白——你来到一个地方了。这些地方在一辈子里等着，你来不来它都不会在乎的。

一个早晨你看见路旁的树绿了，一个早晨叶子黄落。又一个早晨你没有抬头——你感到季节的分量了。

人四处奔走时季节经过了村庄。

季节不是从路上来的。

路上的生灵总想等来季节。

这条路就这般犹犹豫豫，九曲回肠，走到头还觉得远着呢。这条路永远不会伸直。一旦伸直路会在目的地之外长出一截子。这截子是无处交代的。

谁也不能取消一段路。谁也不能把一条路上的生灵赶上另一条路。

这些远离大道的乡村小路形成另一种走势。

这些目的明确的路，使人的空茫一生变得有理可依。他看到更加真实的、离得不远的一些去处，日复一日消磨着人的远足。

这些路的归宿或许让你失望呢。

它们通向牛圈、马棚、独门孤院的一户人家、一块地、一坑水、一片麦场、一圈简陋茅厕……

——这些枝枝杈杈的土路结出不属于其他人的果实。

要是通到了别处肯定会让更多生灵失望呢。

一个人的村庄

我出去割草，去得太久，我会将钥匙压在门口的土坯下面。我一共放了四块土坯迷惑外人，东一块，西一块，南北各一块。有一年你回来，搬开土坯，发现钥匙锈迹斑斑，一场一场的雨浸透钥匙，使你顿觉离家多年。又一年，土坯下面是空的，你拍打着院门，大声喊我的名字。那时村里已没几户人家，到处是空房子，到处是无人耕种的荒地，你爬在院墙外，像个外人，张望我们生活多年的旧院子，泪眼涔涔。

芥，我说不准离家的日子，活着活着就到了别处。我曾做好一生一世的打算在黄沙梁等你，你知道的，我没这个耐力，随便一件小事都可能把我引向无法回来的远处。在过去的几十年里，村里人就是为一些小事情一个一个地走得不见了。以至多少年后有人问起走失的这些人，得到的回答仍旧是：

他割草去了。

她浇地去了。

人们总是把割草浇地这样的事看得太随便平常。出门时不做任何准备，不像出远门那样安顿好家里的一切。往往是凭一个念头，也不跟家里人打声招呼，提一把镰刀或扛一把锨就出去了，一天到晚也不见回来，一两年过去了还没有消息。许多人就是这样被留在了远处。他们太小看这些活计了，总认为三下五下就能应付掉。事实上随便一件小事都能消磨掉人的一辈子，随便一片树叶落下来都能盖掉人的一辈子。在我们看不见的角角落落里，我们找不到的那些人，正面对着这样那样的一两件小事，不知不觉地过去了一辈子。连抬头看一眼天的时间都没有，更别说地久天长地想念一个人。

我最终也一样，只能剩一院破旧的空房子和一把锈迹斑斑的钥匙——我让你熟悉的不知年月的这些东西在黄沙梁，等待遥无归期的你。我出去割草。我有一把好镰刀，你知道的。

多少年前的一个下午，村子里刮着大风，我爬到房顶，看一天没回家的父亲，我个子太矮，站在房顶那截黑乎乎的烟囱上，抬高脚尖朝远处望。当时我只看见村庄四周浩浩荡荡的一片草莽。风把村里没关好的门窗甩得啪啪直响，连一个人影都看不见，满天满地都是风声，我害怕得不敢下来。

我母亲说，父亲是天刚亮时扛一把锨出去的。父亲每天都是这个时候出去。我们从来不知道他在侍弄哪块地。只记得过不了多长时间，父亲的那把锨就磨得不能使了。他在换另一把锨时，总是坐在墙根那块石板上，一遍又一遍地刮磨那根粗糙的新锨把，干得认真而仔细。有时他抬头看看玩耍的我们，也偶尔使唤我给他端碗水拿样工具。我们还小，不知道堆在父亲一生里的那些活儿，他啥时候才能干完，更不知道有一件活儿会把父亲永远留在一块地里。

多少年来我总觉得父亲并没有走远，他就在村庄附近的某一块地里，某一片密不透风的草莽中，无声地挥动着铁锨。他干得忘记了时间，忘记了家和儿女，也忘记了累。多少年后我在这片荒野上游荡，有一天，在草莽深处我看见翻得整整齐齐的一大片耕地，我一下认出这是父亲干的活儿。我跑过去，扑在地上大喊父亲、父亲……我听见我的声音被另一个我接过去，向荒野尽头传递。我站起来，看见父亲的那把铁锨插在地头上，木把已朽。我知道父亲已经把活儿干完了，他正在回家的路上。我也该回家看看了。我记不清自己游荡了多少年，只觉得我的身体在荒野上没日没夜地飘游，没有方向，没有目的，也不知道累，若不是父亲翻虚的这片地挡住我，若不是父亲插在地头的铁锨提醒我，我就无边无际地游荡下去了。

芥，那时候家里只剩了你。我的兄弟们都不知到哪里去了，他们也和父亲一样，某个早晨扛一把锨出去，就再不回来了。我怎么也找不到他们。黄沙梁附近新出现了好多村子，我的兄弟们或许隐姓埋名生活在另一个村庄了。有些人就是喜欢把自己的一生像件宝贝似的藏起来不让人看，藏得深而僻远。

我记得三弟曾对我说过，一个人就这么可怜巴巴的一辈子，为啥活给别人看呢。三弟是在父亲走失后不久说这句话的，那时我就料到，三弟迟早会把自己的一生藏起来。没想到我的兄弟们都这样小气地把自己的一辈子藏在荒野中了。

我把钥匙压在门口的土坯下面，我做了这个记号给你，走出很远了又觉得不踏实。你想想，一头爱管闲事的猪可能会将钥匙拱到一边，甚至吞进嘴中嚼几下，咬得又弯又扁。一头闲溜达的牛也会一蹄子下去，把钥匙踩进土中。最可怕的是被一个玩耍的孩子捡走，走得很远，连同他的童年岁月被扔到一边。多少年后，这把钥匙被一个有贼心的人捡到，定会拿着它挨家挨户地试探，在人们都不在的一天，从村子一头开始，一把锁一把锁地乱捅。尤其没开过的锁，往里捅时带着点阻力，涩涩地，能勾起人的兴致。即使根本捅不进去，他也要硬塞几下。一把好钥匙就这样被无端磨损，变细、变短，成为废物。遭它乱捅的锁孔，却变得深大而松弛，这种反向的磨损使本来亲密无间的东西日渐疏离。爱情也是这样。这么多年我循序渐进地深入你，是我把你造就得深远又宽柔。我创造了一个我到达不了的远方，挖了一口自己探不到底的深井。在这个漫长过程中我自己被消损得短而细小。爱情的距离就这样产生了。

早晨微明的天色透进窗户,你坐起身,轻轻移开我压在你腹部的一条腿。

你说:那块地都荒掉了。

哪块地?我似醒非醒地问你。

接着我听见锄头和铁锨轻碰的声音、开门的声音。

我醒来时不知是哪一个早晨,院子扫得干干净净,柴垛得整整齐齐,细绳上晾晒着洗干净的哪个冬天的厚重棉衣。你不在了。

村子里依旧刮着大风,我高晃晃地站在房顶朝四处望。风穿过空洞的门窗发出呜呜的鬼叫声。已经多少年了,每次爬上房顶我都在想,有一天我一定提一把镰刀出去,把村庄周围的草全都割倒。至少,割出一个豁口,割开一条道。我父亲走失的第五年,有一天,我在房顶上看见村西边的沙沟里有一片草在摇动。我猛然想到是不是父亲,我记得母亲说过,你父亲就喜欢扛一把锨在乱草中捣腾,他时不时地在一片草莽中翻出块地来,胡乱地撒些种子,就再不管了。吃午饭时,母亲又说:爬到房顶看看,哪片草动弹肯定是你父亲。

我翻过沙梁,一头钻进密密麻麻的深草。草高过了头顶,我感到每一株草都能把我挡到一边,我只有一株草一株草地拨开它们。结果我找到了一头驴。我认出是几年前王五家丢掉的那头,当时王五家为了这头驴惊动了方圆几百里,几乎远远近近每一条路上都把守着王五家的亲戚,村里每一户人家都被怀疑。没想到驴就藏在离王五家不远的一摊荒草中,几年间它没移动几步，嘴边就是青草，它卧在地上左一口右一口地就能吃饱肚子，对驴来说这是多好的日子。它当然不愿再回到村里去受苦。可王五家却惨了，本该驴做的事情都由王五家的人分担去做了。才几年工夫王五的腰就弓成驴背了。我出于好心把驴拉了回去送给王五家。王五的婆姨抱着驴脖子哭了好一阵，驴被感动了似的也吭吭地叫起来。王五的婆姨哭够了转过身来，用一双泥糊糊的眼睛瞪着我说：

你爹出去几年了？

五年了。我说。

那就对了。王五的婆姨一拍巴掌，说。

我家的驴也丢掉整整五年了，肯定是你爹把我家的驴拉出去使唤了五年，使唤成老驴了，才让你给送过来。你说，是不是。

芥，我记得我们种过一块地，离村庄很远。一个春天的早晨我们赶马车出去，绕过沙梁后走进一片白雾蒙蒙的草地，马打着响鼻。我爬在装满麦种的麻袋上，你躺在我身旁。我清楚地记得有一股大风刮过你的嘴唇，朝我的眼睛里吹拂，我什么都看不见了，只闻到一股熟悉的来自遥远山谷的芬芳气息。马车猛然间颠簸起来，一上一下，一高一低，一起一伏，我忘掉了时间，忘掉了路。不知道车又拐了多少个弯，爬了几道梁，过了几条沟。后来车停了下来，我抬起头，看见一望无际的一片野地。

芥，我一直把那一天当成一场梦，再想不起那片野地的方向和位置。我们做着身边手边的事，种着房前屋后的几小块地，多少个季节过去了，我似乎已经忘记我们曾无边无际地播种过一片麦子。我只依稀记得我们卸下农具和种子时，有一麻袋种子漏光在路上了。

后来我们往回走时，路上密密麻麻长满了麦子。我们漏在路上的麦种，在一场雨后全都长了出来，沿路弯弯曲曲一直生长到家门口，我们一路收割着回去。芥，我一直不敢相信的一段经历你却把它当真了。你背着我暗暗记住了路。那个早晨，我在睡眼蒙眬中听见你说：那块地长荒了。我竟没想到你在说那一片麦地。现在，你肯定走进那片无边无际的麦地中了。

我带走了狗，我不知道你回来的日子，狗留在家里，狗会因怀念而陷入无休止的回忆。跟了我二十年的一条狗，目睹一个人的变化，面目全非。二十年岁月把一个青年变成壮年，继而老态龙钟。狗对自己忠诚的怀疑将与年俱增。在狗眼里，人一生中的不同时期是不同面孔的好几个人。它忠心尾随的那个面孔的人，随着年月渐渐就不见了。取而代之的是另一副面孔另一番心境的一个人，还住在这个院子，还种着这块地。狗永远不能理解沧桑这回事。一个跟随人一辈子的忠犬，在它的自我感觉中已几易其主，它弄不清人一生中哪个时期的哪副面孔是它真正的主人。

狗留在家里，就像你漂泊在外，是我最放心不下的心事。

一条没有主人的狗，一条穷狗，会为一根干骨头走村串巷，挨家乞讨，备受人世冷暖，最后变得世故，低声下气，内心充满怨恨与感激。感激给过它半嘴馊馍的人，感激没用土块追打过它的人，感激垃圾堆中有一点饭渣的那户人。感激到最后就没有了狗性，没有一丁点怨恨，有怨也再不吭声，不汪不吠。游荡一圈回到空荡荡的窝中，见物思人，主人的身影在狗脑子里渐渐怀念成一个幻影，一个不真实的梦。

这还不是最重要的。你回来晚了，狗老死在窝里，它没见过你的狗子狗孙们把守着院子。它们没有主人，纯粹是一群野狗，把你的家当狗窝，不让你进去。

家是很容易丢掉的，人一走，家便成一幢空房子。锁住的仅仅是一房子空气，有腿的家具不会等你，有轱辘的木车不会等你，你锁住一扇门，到处都是路，一切都会走掉。门上的红油漆沿斑驳的褪色之路，木梁沿坑坑洼洼的腐朽之路，泥墙沿深深浅浅的风化之路，箱子里的钱和票据沿发黄的作废之路……无穷无尽地走啊。

我在荒草没腰的野地偶一抬头，看见我们家的烟囱青烟直冒，我马上想到是你回来了，怎么可能呢，都这么多年了，都这么多年了，我快过惯没有你的日子。

我扔下镰刀往回跑。

一个在野外劳动的人，看见自己家的炊烟连天接地地袅袅上升，那种子孙连绵的感觉会油然而生。炊烟是家的根。生存在大地深处的人们，就是靠扎向天空的缕缕炊烟与高远陌生的外界保持着某种神秘的联系。

炊烟一袅袅，一个家便活了。一个村庄顿时有了生机。

没有一朵云，空荡荡的天空中只有我们家那股炊烟高高大大地挡住太阳，我在它的阴影中奔跑，家越来越近。

我推开院门，一个陌生男人正往锅头里塞柴火，我一下愣住了，才一会儿工夫，家就被别人占了。我操了根木棍，朝那个男人蹲着的背影走去。

听到脚步声他慢腾腾地转过身。

你找谁？他问。

你找谁？我问。

我不找谁。他说着又往锅头里塞了根柴火，我看见半锅水已经开了，噗噗地冒着热气。

这个男人去另一个村庄，路过院门口时，一脚踩翻土坯，看见我留给你的钥匙。他小心翼翼捡起来，擦净上面的锈和尘土，顺手装进口袋。走了几步他又返回来。我一共留给你五把钥匙，能打开五扇门。我们家能锁住的地方我都上了锁。

他捡出一把粗短的黄铜钥匙，对准锁孔塞了几下，没塞进去。又捡出另一把细长的，没费劲就塞了进去，捅到底了，还露半截在外面，他故意扭了几下又拔出来。捅进第三把钥匙时，锁打开了。他在院子里转了一圈，然后又挨个地打开每一间房子。

他先走进一间宽大低矮的卧房，看见占据了大半个房间的几十米长的一张大土炕，他有点吃惊，从没见过这么大的土炕。他想，这家男人肯定雄壮无比呢，他修了如此阔大的一个炕，一定想生养几十个儿女。有这种雄心的男人一般都有健壮体魄，又娶到一房样样能行的好媳妇，有了这些天赐的好条件，他就会像种瓜点豆一般，从大土炕的那头开始，隔一尺种一个儿子，再隔一尺插花地播一个女儿。这是长达几十年的辛勤劳作，要保质保量地种下去又不种出歪瓜裂枣也不容易。再能行的男人赶种到大土炕的另一头也会老得啥也干不动，腰也弯了，腿也瘸了，甚至再没力气下炕。而从这个大土炕上齐刷刷站起来的一群儿女，在一个早晨像庄稼一样密密麻麻立在地上，挡住从窗外照进来的那束阳光。

他想，这家男人在年轻力盛时一定很自负地算好了一生的精力和时间，才修了这样巨大的一个土炕，他对自己太有信心了。多少年后的今天，显然，他连半个儿子也没种出来，大土炕上一片荒芜，长着些弱小的没咋见阳光的杂草。只有靠东头的炕角上，铺着张发黄的苇席和半条烂毡，一床陈旧的大花棉被胡乱地堆在上面。

是什么东西阻止或破灭了这家男人的雄伟梦想呢？他不知道。

他用一根指头在布满裂缝的桌面上抹了一下，划出道清晰的印子，尘土足有铜钱厚。他是个流浪人，可能从没安心在一个地方长年累月地体验过一件事情。不像我，多少年来看着一棵树从小往大地长。守着一个院子，从新住到旧。思念着一个人，从年轻到年老昏沉。他没这种经历，因而弄不清多少年的落尘才能在桌面上积到铜钱这么厚。

他转过身，穿过满是杂乱农具的库房，墙上挂的，梁上吊的，地上堆的，各式各样的农具。有些他从没有见过，造型古古怪怪，不知是干什么活儿用的。

芥，有些活儿是只有我能看见的，它们细小或宏大地摆在我的一生里，我为这些不同种类的活儿制造了不同式样的专用农具。我不像父亲，靠一把简单的铁锨就能对付一辈子。有些活儿通过我的劳动永远不见了，或者变成另一种活儿等候在岁月中了。我埋掉的一些东西成为后人的挖掘物时，那种劳动又回来或重新开始了。我割倒垛在荒野中的干草，多少年后肯定有人赶一辆车拉回村里。这些深远的东西一个过路人怎能看清看透呢。他只会惊叹：这家男人长着怎样有力的一双手啊。他为自己准备了如此多而复杂的一库房农具，他到底想干掉多少活儿干出多大的事业，这些农具中的哪一件真正被用过。

他打开另一扇门，一股谷物腐烂的霉味扑鼻而来。这间房子没有窗户，光线很暗，只有接近房顶的墙上有两个很小的通风洞，房子中间突兀地立着一堵墙，墙的半腰处有个黑洞洞的豁口，他把头探进豁口，看了半天，才看清里面是黑乎乎的半仓粮食。他把手伸进去，抓了一把谷物走到院子里，在阳光下观察了一阵，又用鼻子闻了闻。

没准还能吃呢。他想。

要能吃的话，这半仓粮食够一个人吃一年了。

他在院子里转了一圈，捡了些柴火放到锅头旁。他决定住下不走了。他想，这么大一院房子，白白空着太可惜了。

他本来去另一个村庄，另一个村庄在哪他自己也说不清，每到一个村庄，另一个村庄便隐约出现在前方，他只好没完没了地往前走。不知走了多少年，他忘记了家，忘记回去的路，也忘记了疲惫。

正是中午，阳光暖暖地照着村子，有两三个人影，说着话，走过村中间那条空寂的马路。

他想，先做顿饭吧，多少年来他第一次感到了饥饿。

我在这时候跑回家里。

我犯了一个天大的错误。芥，我扔下镰刀往回跑，快下午的时候，一个过路人捡走我的镰刀和一捆青草，往后很多年，我追赶这个人。我走过一个又一个喧哗或寂静的村庄，穿过一片又一片葱郁或荒芜的土地，沿途察看每一个劳动者手中的农具，我放下许多事，甚至忘记了家，忘记了等你……

芥，你不认识老四，你到我们家的时候，老四已走失多年。家里只剩下母亲，和两个我至今不知道名字的小弟弟。他们小我很多岁，总是离我远远的——像在离我很多年那么远的地方各自地玩着游戏。也不叫我二哥，也许叫过，只是太远了我没听清楚。他们总喜欢在某个墙根玩耍，望过去像两个投在墙上的影子。其实他们就是影子，只活在母亲的世界里，父亲离开后再没人带他们来到世上。我一直不知道我有多少个姐妹兄弟。但一定很多，来世的，未来世的，不计其数。我父亲的每一颗成熟的精子，我母亲的每粒饱满的卵子，都是我的姐妹兄弟。他们流失在别处，就像我漂泊在黄沙梁。

多少年后我在这片荒野上游荡时，我又变成了一颗精子或一粒卵子。盲目，无知。没有明确的去处。我找到了你，在很多年间我有了一个安静温暖的归宿。我日日夜夜地爱着你，我渴望通过你回到我母亲那里去。父亲走失后我目睹了母亲长达半世的寂寞和孤独。

我是不是走在一条永远的死胡同里，进来出去又进来，你让我迷路，很多年走不出这个叫黄沙梁的村子。

芥，你没看好我的母亲，你让她走了，带着我的两个不知名字的兄弟远远地走了。你指给我路，让我去追。

正是下午的时候，我扛着铁锨回来，院门敞开着，我喊你的名字，又喊母亲，院子里静静的没有回应，对面墙上也看不见我那两个兄弟的身影，往日这个时候他们玩得正欢，墙上的影子也就最清晰真实。

我推开一扇门，又推开一扇门，家里像是多少年没有人住。我记得我才出去了一天，早晨我出门时，你正在锅头上收拾碗筷，母亲拿一只小小的笤把在扫院子，我还想，这么大的院子母亲用一只小笤把啥时才能扫完呢。我吩咐你帮帮母亲，你答应着。树上在落叶子，我出门时，一些树叶落在母亲扫过的地方。

我在地里干着活儿还不时朝村里望，快中午的时候，我还看见我们家的烟囱冒了一股烟,又不见了。我头枕在埂子上睡了一觉,是不是这一觉把几十年睡过去了。

我走出院子找你和母亲,村子里空空的一个人也看不见。我一家一家地敲门,几乎每户人家的院门都虚掩或半开着,像是人刚出去没走远,就在邻居家借个东西、去房后撒泡尿马上就回来,所以门没锁,窗户没关。但院子里的破败景象告诉我,这里已很久没人居住。我喊了几个熟悉的人的名字。喊第三声的时候,一堵土院墙轰然而倒。我返回到家里,看见你正围着锅头做饭,两盘炒好的蔬菜摆在木桌上。

活儿干完了?我听见你问我。

什么活儿?我在心里想着这句话,说出口的却是另一句:刚才你到哪去了?

我给你做饭哩。

那我回来咋没看见你。

你回来了?啥时?

刚才。

刚才?你说着又把炒好的一盘菜放在木桌上。

那我母亲呢?

刚走,她说不回来吃饭了。你母亲太能吃饭了,一顿吃好几个人的饭还不停地叫饿。她说她是给你的几个兄弟吃饭的,她自己好多年前就不需要吃饭了,只喝点西北风就饱了。

我朝你指的路上追去,没跑几步又折回来。

那么,村里人都到哪去了?

都在哩。

在哪里？

还不是都在干自己的活儿哩，你想想你到哪去了就该知道其他人的去处。

你说着把一碗烧好的汤放在桌上。我看见发绿的汤里扔着几根白骨。另几盘也是些腐肉和陈菜，那些菜像是多少个季节以前摘的，发着陈旧的灰黑色。虽是刚炒出来，却一点热气都没有。倒像一桌放多年的供食。再看你，也像衰老了许多，衣袖有几处已朽烂，铜手镯绿锈斑斑，似乎这顿饭你做了很多年才做熟。炉膛里还是多年前的那灶火，盘子里是多年前的肉和蔬菜，我的胃里蠕动着的也是多年前的一次饥饿。

芥，我记得我才出去一天。

我三十岁那年秋天，我想，我再不能这样懵懵懂懂地往前活了。我要停下来，回过头把这半辈子认认真真回味一遍。如果我能活六十岁的话，我用三十年时间往前走，再用剩下的三十年往回走，这样一辈子刚好够用。

从那时起，我停住手中的一切活计，吃着仓里的陈旧谷子，喝着井里的隔年老水，拒绝和任何一个陌生人认识，也不参与村里家里的一切事务。唯一的在外面的活动是：当我回想不起来的时候，找几个熟悉我的人聊聊往事。

那年秋天家家户户大丰收，人人忙忙碌碌。仓满了，麻袋也用完了，院子里、房顶、马路上，到处堆放着粮食。人们被多年不遇的丰收喜昏了头，没谁愿意跟我闲扯陈年旧事。他们干着今年的活儿，手握着今年的玉米棒子，眼睛却满含喜庆地望着来年。他们说，啊，要是再有几个这样的好年成，我们就能把一辈子的粮食全打够，剩下的年月，就可以啥也不干在家里享福了。他们一年接一年地憧憬下去，好年成一个挨一个一直延伸到每个人的生命尽头。照这样的向往，我发现他们根本没有剩下的年月，可以啥也不干待在家里享福。往往是今年的收成还顾不上吃几口，另一年的更大丰收又接踵而来，大丰收排着大队往家里涌，人们忙于收获，忙于喜庆，忙得连顿好饭都顾不上吃，一村人的一辈子就这样毫无余地地完蛋了。

　　我庆幸自己早早刹住了车。芥，只有你理解我。在我满屋满院子翻找那些能够证明我过去生活的旧农具、旧家什以及老账单、破鞋帽时，你不动声色地配合我，一边收拾着满院子的粮食，一边找出你早年的衣饰，穿戴在身上，用你以往的眼神和微笑对着我，说着你对我说过的话，重复着你对我做过的那些动作。芥，我就从前一天的晚上开始回想。我顶好院门，用一捆树枝把院墙上的豁口堵住。天还没有黑透，还不到睡觉的时候，你早早就喊我上炕，不教我出去转，和屋后的韩三吹吹牛、聊聊天，乘机抽他的一根烟。韩三叫我谝高兴时，就会递过一大张烟纸，抓一大撮烟颗，让我又粗又长地卷一根烟。这件便宜事我从没告诉过你，即使告诉了，你也不会放我出去一个人过瘾。我看得出，你从天一亮就开始盼着天早早黑，好早早上炕。那时你是多么狂热地依恋着我呵。多少年后的那些个晚上，当我闲着没事想出去混根烟抽时,韩三早已不在村里,他家装修考究的窗户门变成几个怪模怪样的黑洞,遇到风天便发出呜呜的怪叫。

我坐在炕沿脱衣服时,还听到村里忙忙碌碌的人声、狗和牲畜的叫声。我忙碌的时候,不会清晰地听到其他人忙碌的声音,现在我不忙了,要忙另一件事了。你让我早早闲下来,怕我累坏了身体干不成正事。

我就从这一夜开始回忆,从三十岁的这一夜起,我就往回走了,背对着你们——一村庄人,面朝曾经发生过的事情。熄灭的油灯又亮起来,橘黄的亮光重新温馨地照着这间房子,这面几十米长的大土炕。我们睡在土炕的一头,另一头堆满了玉米棒子,都是新鲜的刚收获不久的棒子,夜里我困顿时你顺手拿过又粗又长的一个,摇醒我。你把玉米棒抓在手里,对着我的嘴唇撩来弄去。你知道怎样弄醒我。外面刮起风。我听见风把院子里的干树叶刮起来,带到很远很远的地方,紧接着一些很远处的树叶又被风刮到房顶和院子里。你不让我吹灯,你不知道灯亮着我多心疼,家里只有一小瓶灯油,我准备了好几个大桶,并排放在库房的墙根。我想年轻时多摸摸黑,节省点灯油,到我上了年纪,老眼昏花时就会有足够的灯油,我在四围点好多盏灯。当一个人视力渐衰时他拥有了好多盏灯,一盏一盏地,把他看不清的那些地方一一点亮,这是多么巨大的补偿啊。这种补偿不会凭空而降,要靠自己在漫长一生中一点点地去积攒。你怨我性急,我咋能不急呢,灯亮着,灯油一丝丝耗尽时,我就觉得自己没有了力气,只想早早熄灯入梦。

我站在村头观察了好一阵。月光下的黄沙梁，就像梦中的白天一样。一切都在银灰色的透明空气中呈现出原来的样子——树还是那样高，似乎我离开后树再没有生长过。房子还那样低矮，只是不知住在里面的，是不是我认识的那一村庄人。我走了半夜的黑路，神情有些恍惚，记不清自己离开黄沙梁已有多久。我好像做了一场梦，恍恍惚惚醒来，看见自己生活多年的一个村庄，泊在月色里。

就在前半夜，我还一直担心自己走错了路。我记得以前的路是在沙梁顶上蜿蜒向西，绕过一道沟后直端端戳向村子。

谁把路朝北挪动了半里。我自言道。

有人为了种地往往会把道路挤到一边，让过往的人围着他的地转。有一年我穿过一片戈壁去胡家海子，去时路还好好的，路旁长满了野草和灌木。几天后当我回返时，这片戈壁已被人耕翻了，并浇了水，种上粮食。我费了大半天时间才绕过去。我想，倘若这个种地人心贪，把地耕种到天边，那我就永远被隔在地这边的他乡了。

而这片荒野并没有人耕种，好像路不小心从沙梁上滑了下来，要么是向北的风一年一年地把路吹到这边了，像吹一根绳子一样。

不过，我想是另一种情景：一场大雪后，荒野白茫茫一片，雪把所有界线和标识覆盖得一片模糊。最先出门的人，搞不清道路的确切位置，但又不能不走，只好大概地瞄一个方向踏雪而去。晚出门的人、车马也都不加考虑地循着这行脚印走去。这样每一场雪后，道路总会偏离原来的轨迹，有时是偏左,有时偏右。整个冬天没有几只脚真正地踩在路上。只有到了春天——融雪之后,人们才惊讶地发现:把路走偏了。但又没有谁会纠正这个错误,原回到老路上去。反正,咋走还是走到该去的地方,目的地不会错的。

那时候我们刚刚结婚,我整夜守着你,不知道村里发生了啥事。几个兄弟都离我远远的,夜里他们睡在房顶和院子里。母亲啥都不让我干,顿顿给我吃鸡蛋。

赶紧让你媳妇把娃娃怀上。

母亲希望我们家能尽快来一个人。每天都有人走掉,好多人不见了。

我最听母亲的话,父亲离开后,母亲的话语成了我们家里唯一的长辈的声音。她温和舒缓地覆盖着这个家庭,我们按她说的去做,或者当面答应,背后照自己的想法去干活儿。无论听从与否,我们都不能没有这种声音——从祖辈的高处贯穿下来的骨肉之音。父亲母亲,你们的声音将最终成为儿女们的声音在代与代的山谷间经久回应。不管我们年轻时怎样不听话,违背母语父令。最终还是回到父亲母亲的声音中,用你们的话语表达我们自以为全新的人生、做着父母语言中的所有事情。

芥,你也是听了你母亲的话温温顺顺做了我的妻子。你老早就喜欢我,想嫁给我,你母亲同意后这个意愿便成了你母亲的,你是个听话的好女儿,照母亲的意愿做了你愿意做的。我也一样。我蓄了二十多年的劲,磨了二十多年的刀,攒了二十年的念想。现在，我终于和你睡在一个炕上，钻进一个被窝，我却突然意识到这是母亲安排我做的一件事。母亲没说出之前我只是在夜里偷偷地想你，母亲说了，我就照她的意愿去做。

我十六岁那年，母亲让我去开一片荒地。放下这么多熟地不种，开什么荒呀。我心里叨咕着，还是去了。那是片稀稀拉拉长着些蒿草的白皮地，看样子没人动过一锨一锄。这叫处女地，开起来费些劲，但你不能老在别人开过的地里倒腾。男人嘛，总要整几块处女地。我在地上挖了几锨，地太硬，锨怎么也插不进去。母亲我是不是劲太小了，没到开荒的年龄。你父亲十三岁就开始在荒地里舞锨弄锄了。我懊丧地坐在地上，看着硬邦邦的生地愣了半天，快中午时，扛着锨回到家里。

你叫我做的每一件事我都躲不过去，现在不做，将来还会去做。

母亲我面对的依旧是你几年前让我去开的那块荒。我依旧像几年前那样慌乱无措。

吃早饭时，我一直低着头不敢看你，也不敢看我的几个兄弟，他们眼巴巴望着我，想让我回答什么。母亲只有你看出来了。我的脸上依旧是几年前从荒地回来时的那副表情。

芥，我看见母亲叫过你，低声地问着什么。你一脸羞红，不时摇头或点头。早晨的阳光温和地照着院子，我浑身燥热，坐立不安，几个兄弟放下碗筷，正收拾农具下地。其中一个有意碰了一下我立在墙根的铁锨，锨倒了，我起身去扶。我是善用镰刀的人，你们却让我使锨。

我要在地上挖个洞。

挖个坑。

挖口深井。

我想着有个东西就像锨把一样粗硬起来。我回过头，看见母亲把嘴贴在你耳朵上很神秘地说了句什么。

你一直没告诉我母亲对你说的那句话。母亲从没有那样神秘地对我说过什么，她有很多儿女，不能单独把某些话语告诉其中一个，她的每句话都是说给每个儿女听的。她一定想通过你把一句隐秘的话悄悄传给我，你却把它隐藏了，不向我透露一个字。芥，你知不知道，有很多年，我每夜每夜在你身上翻找，一遍又一遍，不放过一个隐秘处，每个地方我都想进去。我想象母亲的那句话已被你藏在身体的某处，我要找到它。从那时起我就不再吻你的嘴唇，我把所有的热情用在别处，我想感动它们——我能感动它们。你的嘴唇不告诉我，我就问你的手指和眼睛，问你的肚脐，问你的头发和脚后跟，它们会说话，你的嘴说不出来的，无法表述的，它们会表达得生动而美丽。

村子里忽然响起男人和女人在一起时发出的那种呻吟。从路旁那些黑洞洞的窗口飘出来，空气被这种声音搞得湿乎乎的。

我记得以前村里没这种声音。那时的夜是多么安静。大人们悄无声息地行着房事，孩子们悄无声息地做着梦。不断走失的人让剩下的人们感到了生育的紧迫。

多少年来村里的男人女人虽是面对面、眼对眼、嘴对嘴、心对心地做那事，但都是黑灯瞎火，有天没日。从窗户门缝透进点星光月光，也是朦朦胧胧，不明不白。只觉得稀里糊涂就有了一炕儿女，金童玉女也好，歪瓜裂枣也罢，都是一种方式出来的。先是一对男女在黑暗的大土炕上摸到一起，而后是一尾精子和一尾卵子在更加黑暗的母体内摸索到一起。一个人从孕育到出生都是这么荒唐和盲目。

全不像种地，先分清种子。种瓜得瓜，种豆得豆。传宗接代的事却由不得你，种子撒出去，五花八门，谁知是些啥货色，管它饱子、秕子、病子，千万粒种子最后只发一个芽，结一个果。却不见得是最好的。

芥，我给你的都是秕子吗，都是存放经年的陈腐老籽吗？很多年间我不分季节地播种，我在一小块地上撒了那么多种子，竟没一个发芽的。是饥饿的你把我所有种子当口粮吞吃了，还是那块地里只长芳草。芥，你记不记得那个夜晚我提一把镰刀上炕，我把镰刀握在手里。你疑惑地看着我。我要把镰刀带进梦里。我要梦见你的那一块地。我要割光地里所有的草，让我的种子发芽长出粮食。

一个秋天的下午，我终于在一户人家的窗台上找到了我的镰刀，它被磨得只剩下一弯废铁。

这户人家看样子是喂牲口的，房前屋后垛了从远远近近的野地里割来的荒草，我的那捆草肯定压在这些高高的草垛中间，要是能翻出来，我会一眼认出它的。我捆草的方式跟谁都不一样。每一捆草上我都作了只有我能看出的记号。我暗暗在我经手的每件事情上都留下我的痕迹，甚至在鞋底上刻上代表我名字的一个字，我走到哪，就把这个字印到哪，在某些关键地段，我有意把脚印踩得很深，我这样做只是为了多年后当我重返这片荒野时，能清晰地看到自己生活过的痕迹。很早我就预感到我还会来到这片荒野上，还会住进黄沙梁，不是我一个人，而是一大群，那时的我作为曾经人世的向导，走在浩浩荡荡的人群前面，扛一把铁锨指指点点。我引他们走我走过的长短路途，经历我经历过的所有事物，他们不会比我做得更出色。

我房前屋后转了一圈，没见一头牲口，人也不知干啥去了，门窗敞开着。我想喝口水，可是水缸是干的，院子中间的一棵榆树，也像枯死多年了，树杈上高高地吊着只破马灯，足有两个人那么高。我想是树很小的时候，这家人把马灯挂在树枝上，坐在树下的灯影里一夜一夜地干着一件事。后来树长高了，马灯跟着升到高处，在这个谁也够不着的高度上马灯熬干灯油，自己熄灭了。这家人的活儿干完了没有呢。

枯树下面是一架只剩一只轱辘的破马车，一匹马的骨架完整地堆在车辕中间。显然，马是套在车上死掉的，一副精致的皮套具还搭在马骨头上。这堆骨架由一根皮缰绳通过歪倒的马头拴在树干上，缰绳勒进树身好几寸，看来赶车人把车马拴在树上去干另一件事，结果再没回来——或者来得像我一样晚。这期间榆树长了一圈又一圈……

我坐在一架吱吱乱响的木椅上，爱怜地抚摸着我的镰刀，我真心疼啊。是怎样的一个人把我的镰刀使唤成这样了。他用我的镰刀干完了本该由我去干的这些活儿，要不是找这把镰刀，我的草也会垛得跟这户人家的一样高。一把好镰刀，在别人手中经历了一切，变成一弯废铁，它干出的活儿成了别人的。我想了想，要干掉多少活儿才能磨废一把镰刀呢。干完这些活儿要花多少个年月。想着想着我惊愕了：这户人早已不在人世。

我不知道时间过去了多少年，也许我的一辈子早就完了，而我还浑然不觉地在世间游荡，没完没了。做着早不该我做的事情，走着早就不属于我的路。

亲人们一个个走掉了，村里人也都搬到别处，我的四周寂静下来，远远近近，没有人说话的声音，也听不到走路声。我在一个人的村庄进进出出，没有谁为我敲响收工的晚钟，告诉我：天黑了，你该歇息了。没有谁通知我：那些地再不用种，播种和收获都已结束。那个院子再不用去扫，尘土不会再飘起，树叶不会再落下。更没有谁暗示我：那个叫芥的女人，你不必去想念了。她的音容笑貌，她的青春，一切的一切，都在一场风中飘散。结束吧，世间还有另一些事情，等着发生呢。

我认得一年四季的风。风说什么我能听懂。风里有远处大山的喊声,也有尘土树叶的低语。我说什么风不一定懂,但它收起来带走。多少年后,我听到自己的声音,它走遍世界被相反的一场风刮回来。

第二部分

在新疆

最后的铁匠

铁匠比那些城外的农民们,更早地闻到麦香。在库车,麦芒初黄,铁匠们便打好一把把镰刀,等待赶集的农民来买。铁匠赶着季节做铁活儿,春耕前打犁铧、铲子、刨锄子和各种农机具零件。麦收前打镰刀。当农民们顶着烈日割麦时,铁匠已转手打制他们刨地挖渠的坎土曼了。

铁匠们知道,这些东西打早了没用。打晚了,就卖不出去,只有挂在墙上等待明年。

吐尔洪·吐迪是这个祖传十三代的铁匠家庭中最年轻的小铁匠。他十三岁跟父亲学打铁,今年二十四岁,成家一年多了,有个不到一岁的儿子。吐尔洪说,他的孩子长大后说啥也不让他打铁了,叫他好好上学,出来干别的去。吐尔洪说他当时就不愿学打铁,父亲却硬逼着他学。打铁太累人,又挣不上钱。他们家打了十几代铁了,还住在这些破烂房子里,他结婚时都没钱盖一间新房子。

吐尔洪的父亲吐迪·艾则孜也是十二三岁学打铁。他父亲是库车城里有名的铁匠。一年四季,来定做铁器的人络绎不绝。那时的家境比现在稍好一些,妇女们在家做饭看管孩子,从不到铁匠炉前去干活儿。父亲的一把锤子养活一家人,日子还算过得去。吐迪也是不愿跟父亲学打铁,没干几天就跑掉了。他嫌打铁锤太重,累死累活挥半天才挣几块钱,他想出去做买卖。父亲给了他一点钱,他买了一车西瓜,卸在街边叫卖。结果,西瓜一半是生的,卖不出去。生意做赔了,才又垂头丧气回到父亲的打铁炉旁。

父亲说,我们就是干这个的,祖宗给我们选了打铁这一行都快一千年了,多少朝代灭掉了,我们虽没挣到多少钱,却也活得好好的。只要一代一代把手艺传下去,就会有一口饭吃。我们不干这个干啥去。

吐迪就这样硬着头皮干了下来,从父亲手里学会了打制各种农具。父亲去世后,他又把手艺传给四个弟弟和一个妹妹。他们又接着往下一辈传。如今在库车老城,他们家族共有十几个打铁的。吐迪的两个弟弟和一个侄子,跟他同在沙依巴克街边的一条小巷子里打铁,一人一个铁炉,紧挨着。吐迪和儿子吐尔洪的炉子在最里边,两个弟弟和侄子的炉安在巷口,一天到晚炉火不断,铁锤叮叮当当。吐迪的妹妹在另一条街上开铁匠铺,是城里有名的女铁匠,善做一些小农具,活儿做得精巧细致。

吐迪说他儿子吐尔洪坎土曼打得可以，打镰刀还不行，欠点儿功夫。铁匠家有自己的规矩，每样铁活儿都必须学到师傅满意了，才可以另立铁炉去做活儿。不然学个半吊子手艺，打的镰刀割不下来麦子，那会败坏家族的荣誉。吐迪是这个家族中最年长者，无论说话还是教儿子打镰刀，都一脸严肃。他今年五十六岁，看上去还很壮实。他正把自己的手艺一样一样地传给儿子吐尔洪·吐迪。从打最简单的蚂蟥钉，到打坎土曼、镰刀，但吐迪·艾则孜知道，有些很微妙的东西，是无法准确地传给下一代的。铁匠活儿就这样，锤打到最后越来越没力气。每一代间都在失传一些东西。比如手的感觉，一把镰刀打到什么程度刚好。尽管手把手地教，一双手终究无法把那种微妙的感觉传给另一双手。

还有，一把镰刀面对的广阔田野，各种各样的人。每一把镰刀都会不一样，因为每一只用镰刀的手不一样，每只手的习惯不一样。打镰刀的人，靠一双手，给千万只不一样的手打制如意家什。想到远近田野里埋头劳作的那些人，劲儿大的、劲儿小的、女人、男人、未成年的孩子……铁匠的每一把镰刀，都针对他想到的某一个人。从一块废铁烧红，落下第一锤，到打成成品，铁匠心中首先成形的是用这把镰刀的那个人。在飞溅的火星和叮叮当当的锤声里，那个人逐渐清晰，从远远的麦田中直起身，一步步走近。这时候铁匠手中的镰刀还是一弯扁铁，但已经有了雏形，像一个幼芽刚从土里长出来。铁匠知道它会长成怎样的一把大弯镰，铁匠的锤从那一刻起，变得干脆有力。

这片田野上，男人大多喜欢用大弯镰，一下搂一大片麦子，嚓的一声割倒。大开大合的干法。这种镰刀呈抛物形，镰刀从把手伸出，朝后弯一定幅度，像铅球运动员向后倾身用力，然后朝前直伸而去，刀刃一直伸到用镰者性情与气力的极端处。每把大镰刀又都有微小的差异。也有怜惜气力的人，用一把半大镰刀，游刃有余。还有人喜欢蹲着干活儿，镰刀小巧，一下搂一小把麦子，几乎能数清自家地里长了多少棵麦子。还有那些妇女们，用耳环一样弯弯的镰刀，搂过来的每株麦穗都不会散失。

打镰刀的人，要给每一只不同的手准备镰刀，还要想到左撇子、反手握镰的人。一把镰刀用五年就不行了，坎土曼用七八年。五年前在这买过镰刀的那些人，今年又该来了，还有那个短胳膊买买提，五年前定做过一把长把子镰刀，也该用坏了。也许就这一两天，他正筹备一把镰刀的钱呢。这两年棉花价不稳定，农民一年比一年穷。麦子一公斤才卖几毛钱。割麦子的镰刀自然卖不上好价。七八块钱出手，就算不错。已经好几年，一把镰刀卖不到十块钱。什么东西都不值钱，杏子一公斤四五毛钱。卖两筐杏子的钱，才够买一把镰刀。因为缺钱，一把该扔掉的破镰刀也许又留在手里，磨一磨再用一个夏季。

不论什么情况，打镰刀的人都会将这把镰刀打好，挂在墙上等着。不管这个人来与不来。铁匠活儿不会放坏。一把镰刀只适合某一个人，别人不会买它。打镰刀的人，每年都剩下几把镰刀，等不到买主。它们在铁匠铺黑黑的墙壁上，挂到明年，挂到后年，有的一挂多年。铁匠从不轻易把他打的镰刀毁掉重打，他相信走远的人还会回来。不管过去多少年，他曾经想到的那个人，终究会在茫茫田野中抬起头来，一步一步向这把镰刀走近。在铁匠家族近一千年的打铁历史中，还没有一把百年前的镰刀剩到今天。

只有一回，吐迪的太爷掌锤时，给一个左撇子打过一把歪把子大弯镰。那人交了两块钱定金，便一去不回。吐迪的太爷打好镰刀，等了一年又一年，等到太爷下世，吐迪的爷爷掌锤，他父亲跟着学徒时，终于等来一个左撇子，他一眼看上那把镰刀，二话没说就买走了。这把镰刀等了整整六十七年，用它的人终于又出现了。

在那六十七年里，铁匠每年都取下那把镰刀敲打几下。打铁的人认为，他们的敲打声能提醒远近村落里买镰刀的人。他们时常取下找不到买主的镰刀敲打几下，每次都能看出一把镰刀的欠缺处：这个地方少打了两锤，那个地方敲偏了。手工活儿就是这样，永远都不能说完成，打成了还可打得更精细。随着人的手艺进步和对使用者的认识理解不同，一把镰刀可以永远地敲打下去。那些锤点，落在多少年前的锤点上。叮叮当当的锤声，在一条窄窄的胡同里流传，后一声追赶着前一声。后一声仿佛前一声的回音。一声比一声遥远、空洞。仿佛每一锤都是多年前那一锤的回声，一声声地传回来，沿我们看不见的一条古老胡同。

吐迪·艾则孜打镰刀时眼皮低垂，眯成细细弯镰似的眼睛里，只有一把逐渐成形的镰刀。儿子吐尔洪就没这么专注了，手里打着镰刀，心里不知道想着啥事情，眼睛东张西望。铁匠炉旁一天到晚围着人，有来买镰刀的，有闲得没事看打镰刀的。天冷了还是烤火的好地方，无家可归的人，冻极了挨近铁匠炉，手伸进炉火里燎两下，又赶紧塞回袖筒赶路去了。

麦收前常有来修镰刀的乡下人，一坐大半天。一把卖掉的镰刀，三五年后又回到铁匠炉前，用得豁豁牙牙，木把也松动了。铁匠举起镰刀，扫一眼就能认出这把是不是自己打的。旧镰刀扔进炉中，烧红、修刃、淬火，看上去又跟新的一样。修一把旧镰刀一两块钱，也有耍赖皮不给钱的，丢下一句好话就走了，三五年不见面，直到镰刀再次用坏。一把镰刀顶多修两次，铁匠就再不会修了。修好一把旧镰刀，就等于少卖一把新的。

吐迪家的每一把镰刀上，都留有自己的记痕。过去三十年五十年，甚至一二百年，他们都能认出自己家族打制的镰刀。那些记痕留在不易磨损的镰刀臂弯处，像两排月牙形的指甲印，千年以来他们就这样传递记忆。每一代的印记都有所不同，一样的月牙形指甲印，在家族的每一个铁匠手里排出不同的形式。没有具体的图谱记载每一代祖先打出的印记是怎样的形式。这种简单的变化，过去几代人数百年后，肯定会有一个后代打在镰刀弯臂上的印记与某个祖先的完全一致，冥冥中他们叠合在一起。那把千年前的镰刀，又神秘地、不被觉察地握在某个人手里。他用它割麦子、割草、芟树枝、削锨把儿和鞭杆……千百年来，就是这些永远不变的事情在磨损着一把又一把镰刀。

打镰刀的人把自己的年年月月打进黑铁里，铁块烧红、变冷，再烧红，锤子落下、挥起，再落下。这些看似简单，千年不变的手工活儿，也许一旦失传便永远地消失了，我们再不会找回它。那是一种生活方式。它不仅仅是架一个打铁炉，掌握火候，把一块铁打成镰刀这样简单的一件事，更重要的是打铁人长年累月、一代一代积累下来的那种心理，通过一把镰刀对世界人生的理解与认识，到头来真正失传的是这些东西。

吐尔洪·吐迪家的铁匠铺，还会一年一年敲打下去。打到他跟父亲一样的年岁还有几十年时间呢，到那时不知生活变成什么样子。他是否会像父亲一样，虽然自己当初不愿学打铁，却又硬逼着儿子去学这门累人的笨重手艺。在这段漫长的铁匠生涯中，一个人的想法或许会渐渐地变得跟祖先一样古老。不管过去多少年，社会怎样变革，人们总会在一生的某个时期，跟远在时光那头的祖先们，想到一起。

吐尔洪会从父亲吐迪那里，学会打铁的所有手艺，他是否再往下传，就是他自己的事了。那片田野还会一年一年地生长麦子，每家每户的一小畦麦地，还要用镰刀去收割。那些从铁匠铺里，一锤一锤敲打出来的镰刀，就像一弯过时的月亮，暗淡、古老、陈旧，却不会沉落。

尘土

那些一有动静、一只驴蹄子就能踩起来的尘土是买买提、阿不拉江、卡斯木,他们在这条老街上还有一二十年的年轻日子。从街这头窜到那头,一会儿工夫,像小毛驴一样有朝气。他们喝酒、打架、玩女人、做骗人生意,在这条街上,他们的青春多么陈旧,早就有人像他们一样生活过,那些不再新鲜的快乐,依旧吸引着下一代人。男人们,年轻的时候吃喝玩乐,无所事事。过了四十岁,戒酒,戒烟,改掉不良习气,清真寺成了每日的去处。腿走不动时想到了回家。身体变老时就会操劳心灵的事。半个子生命扔给喧闹尘世,半个子留给上天真主。

那颗落定不动,不管刮多大风,过去多少头毛驴都不会飘起的尘土,是库尔班大叔。他此刻就坐在尘土飞扬的街边，看街上行人，看耗掉他一生的短短街道，看他再也无力追求的漂亮女人们。

十二岁时他在这条街南头帮别人卖馕，十七岁到乡下帮人种了两年麦子，十九岁回到老城，在库车河边那群游手好闲的青年中混日子。喝酒，抽麻烟，偷鸽子，勾引女孩。二十三岁结婚，那时他想有件正经事干了，找到一家饭馆做帮厨，炒菜、拉面、烤薄皮包子。三十岁时开始自己做生意，骑一辆破摩托车，到乡下收皮子，驮到街上倒卖。也收一些古董，汉代钱币，明清瓷器，更多是伊斯兰风格的铜器和地毯。四十岁时他已经有五个孩子，三男两女。

现在他七十八岁，牙已经掉了九颗。孩子全长大了，最大的儿子已经五十多岁。他们分了家自己生活。库尔班又变成一个人，坐在老街的尘土里。他时常一动不动，除了清真寺的喊唤，引领他的身心朝西跪拜，再没有任何事情能够使唤动他的身体。他说，他还想娶一个洋岗子（媳妇），啥都有，房子、床、果树、力气，就是没钱了。全花光了。

老街上看到最多的就是老人。他们或蹲或坐，或缓缓行走。胡大（真主）有意让这些穷人们在没多少财富的世间待长些日子。馕、酽茶、拉面，这些简单的食物能让他们吃到一百多岁，只剩下半颗牙。一天三顿饭，有时不知哪顿在哪里吃，每日的乃玛孜（礼拜），无论走到哪里，都不会耽误，简单铺一块布，面朝西，就地做起。

生命如此漫长，除了青春短促，年轻人在迅速老去，女人的青春像一阵风飘向远处。那些美丽的女孩子：阿依古丽、左克拉古丽、热孜古丽……她们的美丽终生只能看见一次,一朵一朵的花儿开败在巷子深处。独享花容的男人们,早晨出去,卖一张羊皮回来,妻子就老掉了,母羊下了两只羔子。男人们到七十岁还不老,卡瓦提八十二岁又娶了一个三十岁的洋岗子。一茬一茬的美貌女子,都让他们赶上了。

喀纳斯灵

一、风流石

　　景区康剑主任盯着这块石头看了好多年。他在这一带长大，小时候他看这块石头会害羞脸红，觉得那块像男人的石头趴在像女人的石头上，耍流氓。长大以后他觉得石头的姿势美极了，他是一位摄影家，拍了好多张石头的照片，最美的一张是黄昏时分，抱在一起的男女石头人，裸露身体，在霞光彩云的山坡上做着天底下最美的事儿。
　　康剑说，这个石头叫风流石，也有人叫情侣石。
　　我说，叫风流石好。风流自然。石头的模样本来就是风流动造化的，风是这里的老住户，山里的许多东西是风带来的。
　　康剑让我给风流石写篇美文。

我说，题两句诗吧。我想起陆游的诗句：花如解语还多事，石不能言最可人。我把"可人"改成"风流"，石不能言最风流。两句改写的古诗就这样轻易地刻在了景点的巨石上。这是我的字第一次刻上石头，心中的忐忑与激动跟三十年前我的诗第一次变成铅字发表时一样。

石头有了名字和题诗，它还需要一个传说。

我们在山谷里找两块石头的传说。这样绝妙造化的石头不可能没有传说。以前我在新疆其他地方，也干过类似的活儿。这里的游牧人，自古以来，用文字写诗歌，却很少用它去记时间历史。时间在这里是一笔糊涂账，有的只是模糊的传说。

传说有两种方式，口传和风传。

口传就是口头传说，从一张嘴传到另一张嘴。一个故事传几代几十代人，或者传走调，或者传丢掉。

传走调的变成另一个故事，继续往下传。传到今天的传说，经过多少嘴，走了几次样，都无法知道。有时一个传说在一条山谷的不同人嘴里，有不同说法。在另外的地方又有另外的说法。俗话说，嘴是两张皮，咋说咋有理。又说，话经三张嘴，长虫也长腿。长虫就是蛇，蛇经过三张嘴一传，就长出腿了。传到今天的传说，大多是长了无数腿的长虫。

风传是另一种隐秘的传递方式。口传丢的东西，风接着传。这里的一切都在靠风传。风传播种子，传扬尘土，传闲话神话。风从一个山沟到另一个山沟，风喜欢翻旧账，把陈年的东西翻出来，把新东西埋掉。风声是这里最老的声音，所有消失的声音都在风声里。传说是那些消失的声音的声音。据说古代萨满能听懂风声。萨满把头伸进风里，跟那些久远的声音说话。

我也把头伸进风里。

这个山谷刮一种不明方向的风，我看天上的云朝东移，一股风却把我的头发往南吹。可能西风撞到前面的大山上，撞晕了头。我没在山里生活过，对山谷的风不摸底。我小时候住在能望见这座阿勒泰大山的地方。那是准噶尔盆地中央的一个小村庄，从我家朝南的窗户能看见天山，向北的后窗望见阿勒泰山。都远远地蹲在天边，一动不动。我那时常常听见山在喊我，两边的山都在喊我。我一动不动，待在那里长个子，长脑子。那个村庄小小的，人也少。我经常跟风说话。我认得一年四季的风。风说什么我能听懂。风里有远处大山的喊声，也有尘土树叶的低语。我说什么风不一定懂，但它收起来带走。多少年后，我听到自己的声音，它走遍世界被相反的一场风刮回来。

长大后我终于走到小时候远远望见的地方。再听不见山的呼唤，我自己走来了。

传说能对风说话的人，很早以前走失在风中。风成了孤独的语言，风自言自语。

在去景区半道的图佤人村子，遇见一个人靠在羊圈栏杆上，仰头对天说话。我以为见到了和风说话的人。

翻译小刘说，他喝醉了。

一大早就喝醉了？我说，你听听他说什么。

小刘过去站了一会儿。

小刘说，他在说头顶的云。他让它"过去""过去"。云把影子落在他家羊圈上，刚下过雨，他可能想让羊圈棚上的草快点晒干吧。

风流石的传说是我在另一个山谷听到的。我们翻过几座山，到谷底的贾登裕时，风也翻山刮到那里。云没有过来，一大群云停在山顶，好像被山喊住说啥事情。我看见山表情严肃，它给云说什么呢。也听不清。

我把头伸进风里。

二、传说

牧主的儿子哈巴特风流成性，经常在附近牧场勾引少女，抱到山石上寻欢。牧民们认为哈巴特的行为败坏风俗，便从喀纳斯湖边请来一男一女两个萨满巫师，惩治哈巴特。男萨满目睹哈巴特的行为后，摇摇头走了。男巫师说，我能降妖除魔，但我降服不了人的情欲。

女萨满巫师留下来。女巫师装扮成美丽少女，在草场放牧，被哈巴特勾引去。正当哈巴特和少女寻欢时，女巫师现出原形。哈巴特看到刚才还水灵灵的美丽少女，转眼间又老又丑，惊恐不已。可是，这时哈巴特已经跑不掉了，他被女巫师牢牢抱住，就这样过了一千年又一千年，哈巴特还是没有从这个又老又丑的女巫师身上脱身。

民间传说女萨满巫师用一种"锁"的法术，把哈巴特的身体牢牢锁住。哈巴特之所以能勾引那么多痴情少女，是因为哈巴特有一把闪闪发光的金钥匙，女人都很难经受金钥匙的诱惑，它轻易地打开少女的心灵和情欲之锁。可是，女巫师的锁不一般，它专门锁钥匙，钥匙插进去，锁就把钥匙锁住，拔不出来。被牢牢锁住的哈巴特就像青蛙一样趴在女巫师上面，他使多大劲都无法脱身。

哈巴特的父亲听说心爱的儿子被女巫师锁住，从喀纳斯湖边请来另一个萨满巫师，萨满目睹这一情景后说：我能救苦救难，但被女人锁住的男人，我救不了。

哈巴特和他身下的女人，就这样紧紧抱了千万年，双双变成石头。

变成石头的哈巴特，还是被牢牢锁住。早些年牧场的人嫌这两块男女石头抱在一起不雅观，把未成年的孩子都教坏了。几个成年人扛木头撬杠上来，想把两个石头分开。折腾了半天，累得满头大汗，石头丝毫未动。前几年修公路，工人想把上面那块石头搬下来垫路基，吊车开上去，钢丝绳绑在石头上，却怎么也吊不起来，上面的石头紧紧连在下面的石头上。听说还有人拿了一包炸药，放在两块石头中间，爆炸声把草场的牛羊都吓惊了，两块石头仍然紧抱在一起。

那以后再没有人敢动这块石头。它成了受人敬畏的神石。

当地人都叫它们风流石。也有人叫它们情侣石。都没错。即使没有这个传说，两块石头这样抱几千年几万年，也早抱出感情。你看它们还是很动情的样子。

相传这块石头有一种神奇魔力，女人只要虔诚地盯着它看三分钟，就能获得一种锁住男人的魅力，让男人永生永世对自己不离不弃。当地的女人，发现男人有外遇就来看这块石头。眼睛一眨不眨地看三分钟，看完回去后，男人的心和身体都回来了。渐渐地，石头的魔力被外面人知道，好多家庭不和情感不顺的女人，都来看这块石头。有的还带着自己的丈夫或男友来看。据说男人看过这块石头，都吓得不敢风流了。

三、湖怪

湖怪伏在水底，我们不知道它是什么。它也不知道我们是什么。它偶尔探出水面，望望湖上的游艇和岸边晃动的人和牛马。它的视力不好，可能啥都看不清。可它还是隔一段时间就探出来望一望。它望外面时，自己也被人望见了。人的视力也不好，看见它也模模糊糊。我们走访几个看见湖怪的人，都描述着一个模糊的湖怪样子。这个模糊样子并不能说明湖怪是什么。

在喀纳斯，看见湖怪的人全成了名人。好多人奔喀纳斯湖怪而来，他们访问看见湖怪的人。没看见湖怪的人默默无闻，站在一旁听看见湖怪的人说湖怪。

牧民耶尔肯就没看见过湖怪，他几乎天天在湖边放牧，从十几岁，放到五十几岁，湖怪是啥样子他没见过。他的邻居巴特尔见过湖怪，经常有电视台记者到巴特尔家拍照采访，让他说湖怪的事。每当这个时候，没看见湖怪的耶尔肯就站在一旁愣愣地听。听完了原到湖边去放牧。他时常痴呆地望着喀纳斯湖面。他用一只羊的价钱买了一架望远镜，还随身带着用两只羊的身价买的数码照相机。他经常忘掉身边的羊群，眼睛盯着湖面。可是，他还是没有看见湖怪。湖怪怪得很，就是不让他看见。比耶尔肯小十几岁的巴特尔，在湖边待的时间也短，他都看见好多次湖怪了，耶尔肯却一次也看不到。

水文观察员很久前看见湖怪探出水面，他太激动了，四处给人说。有一天，当他把看见湖怪的事说给湖边一个图佤老牧民时，牧民盯着他看了好一阵，然后说："你这个人怪得很，看见就看见了，到处说什么。"水文观察员后来就不说了，别人问起时直摇头，说自己没看见水怪，胡说的。

但图佤老牧民的话被人抓住不放。这句话里本身似乎藏着什么玄机。图佤老人为什么不让人乱说湖怪的事。湖怪跟图佤人有什么关系？湖怪传说的背后，似乎隐藏着一个更大的怪。这个怪是什么呢？

我们去找那个不让别人说湖怪的图佤老人。只是想看看他，没打算从他嘴里知道有关湖怪的事。一个不让别人说湖怪、生怕别人弄清楚湖怪的人，他的脑子里藏着什么怪秘密？

可惜没找到。家里人说他放羊去了。

"那些说自己看见湖怪的人，一个比一个怪。不知道他们以前怪不怪，他比别人多看见了一个东西。这个东西是多少人想看见但看不见，他也许没想看见但一抬头看见了。看见了究竟是个什么？又描述不出来。只说很大。离得远。有多远？没多远。就是看不清。有人说自己看清楚了，但说不清楚。"康主任说。

康主任领导着这些看见湖怪和没看见湖怪的人。他当这里的头儿时间也不短了，湖怪就是没让他看见过。

我们坐游艇在湖面转了一圈，一直到湖的入口处，停船上岸。那是一个枯木堆积的长堤。喀纳斯湖入口的水不大也不深。湖就从这里开始，湖怪也应该是从这里进来的吧。如果是，它进来时一定不大，湖的入口进不来大东西。而喀纳斯湖的出口，也是水流清浅。湖怪从出口进来时也不会太大。那它从哪儿来的呢？那么巨大的一个怪物，总得有个来处。要么是从下游游来，在湖里长大。要么从山上下来，潜进水里。以前，神话传说中的巨怪都在深山密林中。现在山变浅林木变疏，怪藏不住，都下到水里。

潜在湖底的怪好像很寂寞，它时常探出头来，不知道想看什么。它的视力不好。人的视力肯定比它好，但水面反光，人不容易看清楚。游艇驾驶员金刚看见湖怪的次数最多，在喀纳斯他也最有名，他的名字经常在媒体上和湖怪连在一起。他也经常带着外地来的记者或湖怪爱好者去寻找湖怪，但是没有一次找到过。尽管这样，下一批来找湖怪的人还是先找到金刚，让他当向导。金刚现在架子大得很，遇到小报记者问湖怪的事，都不想回答，让人家看报纸去，金刚和湖怪的事都登在报纸上。

我们返回时湖面起风了，一群浪在后面追，喀纳斯湖确实不大，一眼望到四个边。这么小的湖，会有多大的怪呢？快靠岸时，康剑很遗憾地说，看来这次看不到湖怪了。康主任希望湖怪能被我们看见。他认为让作家看见了可能不一样。作家也是人里面的一种怪人。作家的脑子是一片深不见底的大湖，湖底全是怪。作家每写一篇东西，就从湖底放出一个怪。我们这个世界，还有那么多人对作家的头脑充满好奇，像期待湖怪出水一样期待作家的下一个作品。他们也很怪，盯住一个作家的头脑里的事情看，看一遍又一遍，直到作家的头脑里再没怪东西冒出来。天底下的怪和怪，应该相互认识。康主任想看看作家看见湖怪啥样子，喊还是叫，还是见怪不怪。可能他认为怪让作家看见，算是真被看见了。作家可以写出来。其他看见湖怪的人，只能说出来。而且一次跟一次说的不一样。好像那个怪在看见他的人脑子里长。那些亲眼看见湖怪的人，对别人说一百次，最后说的自己都不相信了。好像是说神话和传说一样。

我是相信有湖怪的，我没看见是因为湖怪没出来看我。它架子大得很。它不知道我是什么东西。我的名字还没有传到水里。我脑子里的怪想法也吓不了湖里的鱼。但我知道它。如果我在湖边多待些日子，我会和它见一面。我感觉它也知道我来了。它要磨蹭两天再出来。可我等不及。我离开的那个中午，它在湖底轻轻叹了口气，接着我看见变天了。

回来后我写了一首《湖怪歌》。

> 湖怪藏在水底下
> 人都不知道它是啥
> 它也不知道人是啥
>
> 有一天，湖怪出来啦
> 它也不知道它是啥
> 人也不知道人是啥

就几句，套进图佤歌曲里，反复地唱。这是唱给湖怪的歌。也是湖怪唱的歌：它不知道人是啥。

四、灵

我闻到萨满的气味。在风中水里，在草木虫鸟和土中。

这里的一切被萨满改变过。萨满把头伸进风里，跟一棵草说话，和一滴水对视，看见草叶和水珠上的灵。那时候，灵聚满山谷和湖面。萨满走在灵中间。萨满的灵召集众灵开会。萨满的灵能跟天上地上地下三个层面的灵交往，也能跟生前死后来世的灵对话。

树长在山坡，树的灵出游到湖边，又到另外的山谷。灵回来时树长了一截子。灵不长。灵一直那样，它附在树身上，树不长时灵日夜站在树梢呼唤，树长太快了它又回到根部。灵怕树长太高太快。长过头，就没灵了。有的动物就把灵跑丢，回到湖边来找。动物知道，灵在曾经待过的地方。灵没有速度，迟缓，不急着去哪。鸟知道自己的灵慢，飞一阵，落到树上叫，鸟在叫自己的灵，叫来了一起飞。灵不飞。灵一个念头就到了远处，另一个念头里回到家。有人病了，请萨满去，萨满也叫，像鸟一样兽一样叫。病人的灵被喊回来，就好了。有的灵喊不回来，萨满就问病人都去过哪儿。在哪儿待过。丢掉的灵得去找。一路喊着找。

当年蒙古人去西方打仗的时候，灵就守望在出发的地方。蒙古人跑得太快，灵跟不上。但蒙古人带着会召集灵的萨满。横扫西方的蒙古大军其实是两支队伍，一支是成吉思汗统领的骑兵，一支是萨满招引的灵。这支灵的部队一直左右着蒙古骑兵。西方人没看见蒙古人的灵，灵太慢了，跟不上飞奔的马蹄。蒙古人在西方打了两年仗了，灵的部队才迟迟翻过阿勒泰山，走到额尔齐斯河谷的喀纳斯湖。

灵走到这里就再不往前走。蒙古人最终能打到哪里是灵决定的。那些跑太远的蒙古骑兵感到自己没魂了，没打完的仗扔下赶紧往回走。回来的路跟出去的一样漫长。

喀纳斯是灵居住的地方。好多年前，灵聚在这里的风里水里。看见灵的萨满坐在湖边，萨满的灵也在风里水里。萨满把灵叫"腾"。打仗回来的蒙古人带着他们的"腾"走了，过额尔齐斯河回到他们的老家蒙古草原。没回来的人"腾"留在这里。灵也有岁数。灵老了以后就闭住眼睛睡觉。好多灵就这样睡过去了。看见灵的眼睛不在了。召唤灵的声音不在了。没有灵的山谷叫空谷。喀纳斯山谷不空。灵沉睡在风里水里，已经好多年，灵睡不醒。

来山谷的人越来越多，人的脚步嘈杂唤不醒灵。灵不会这样醒来。灵睡过去，草长成草的样子，树长成树的样子，羊和马，长成羊马的样子。人看喀纳斯花草好看，看树林好看，看水也好。一群一群人来看。灵感到人是空的，来的人都是身体，灵被他们丢在哪里了。灵害怕没有灵的人。没有灵的人啥都不怕。啥都不怕的人最可怕，他们脚踩在草上不会听到草的灵在叫，砍伐树木看不见树的灵在颤抖。

一只只的羊被人宰了吃掉。灵不会被人宰了吃掉。灵会消失，让人看不见。

灵在世界不占地方。人的心给灵一个地方，灵会进来居住。不给灵就在风里。人得自己有灵，才能跟万物的灵往来。萨满跟草说话。靠在树干上和树的灵一起做梦。灵有时候不灵，尘土一样，唤不醒的灵跟土一样。

神是人造的，人看出每样东西都有神，人把神造出来。人造不出灵。灵是空的。空的灵把世俗的一切摆脱干净，呈现出完全精神的样子。灵是神的精神。人造神，神生灵，灵的显像是魂。灵以魂的状态出现，让人感知。人感知到魂的时候，灵在天上，看着魂。人感知的魂只是灵的影子，灵是空的，没有影子。灵在高处，引领精神。人仰望时，神在人的仰望里，而灵，在神的仰望里。通灵先通神，过神这一关。也有直接通灵的，把神撇在一边。萨满都是通神的。最好的萨满可通灵。

五、树

萨满想让一个人死，他不动手。他会让一些坏事情，发生在他认为的坏人身上。

萨满知道湖边一棵大树要倒，今天不倒明天倒，今年不倒明年倒。那个他想让他死的人，经常在湖边走。萨满头伸进风里，眼睛闭住，像在算一道复杂的算术题，最后，他会算到这一刻：那个人刚好从树下经过的时候，树倒了。在这中间萨满做了什么手脚我们不知道。那个人一千次地从树下走过，树没倒。树倒的时候没到，还差蚂蚁咬一口，那窝蚂蚁在树上，每时每刻都在咬树。还差风推一把，风也时常在刮。这些事情都准备好，该那个人走来了，咋样让那个人就在蚂蚁咬最后一口、风推最后一把的时候，正好从树下走过呢。这中间萨满做了什么没人知道。人们只知道那人被树压死了。

早年,萨满说一个牧民会被树压死。牧民不敢在山里待了,跑到山外草原上放牧,那里没有一棵树,有树的地方牧民躲开不去。牧民这样生活了好些年,有一天,一匹马拉着一根木头从山上下来,牧民看上了它,就用一只羊换了来。木头粗粗短短的,牧民也没想它有啥用,反正毡房旁放一根木头,也不多余。再说,躺在地上的木头,总不会压人吧。

可是有一天,牧民躺在离木头不远的地方打盹,木头突然滚动起来,开始很慢,接着越滚越快,直接从牧民身上轧过去,牧民当即死了。

木头为啥会滚动。牧民的毡房在一个斜坡上,木头买来后,牧民特意在木头一边垫了一堆土,把木头堰住。挖土时挖到了蚂蚁窝,蚂蚁生气了。蚂蚁全体出洞,用几个月时间,把牧民堰在木头下面的土掏空,原搬到以前的地方。蚂蚁干这些事情时牧民并不知道。山里的萨满肯定知道。堰木头的土掏空了,木头还是不会自己动。木头需要一点点外力,让自己滚一下,然后木头就会滚起来,越滚越快,一直滚到大坡下面,再借势滚到对面的半坡上,木头盯着那个地方望了很久了,木头知道自己的下一站是那面坡上的一丛青草中,它将在那里腐朽掉。

木头在等这个外力。牧民有两个孩子,每天在木头上爬上爬下,有时站在一边推,两个孩子想把木头推动。可是，木头被土堰住，两个孩子也小小的没有力气。但孩子不甘心，每天推一下。两个孩子正长个子，长劲，相信有一天木头会被他们推动。牧民知道儿子在长个子长劲，木头也知道。木头在等。牧民不知道木头在等。山里的萨满肯定知道。

这一天，牧民躺在那里打盹的时候，木头被推动了，两个孩子吃惊地看见木头滚起来，越滚越快，很快从躺在草地的父亲身上滚过去。

喀纳斯最后一个萨满，在一九八二年死了。我们走访的几位老人，都还记得萨满的样子，萨满给人和牛羊看病，萨满在风里跳舞，召集山里的灵过来说话。萨满让没有灵的人看见灵。萨满的灵与他们交流。萨满自言自语。

我感到萨满的灵还在山谷，他那时看到的灵，还附在那些事物上，只是，萨满不在。我们顶多走到草地，走到牛羊和桦树身边。走到灵的路，要萨满引领。萨满不在，走向灵的路被他带走了。

我没见过真正的萨满。萨满活到今天，我应该和他认识。

六、山

在自然界中，山最不自然。从我进阿勒泰山那时起，就觉得山不自然。它的前山地带没一座好山，只是一堆堆山的废料。山造好了剩下的废料堆在山前。堆得不讲究。有些石头摞在别的石头上，也没摞稳，随时要坠下来的样子。有的山和山，挨得太近，有的又离得太远，空出一个大山谷。好在山和山没有纠纷，不打架。高山也不欺负矮山。山沟与山沟靠水联系。山没造好，水就乱流，到处是不认识的河谷。

有的山看上去没摆好姿势，斜歪着身子，不知道它要干啥。是起身出走，还是要倒头睡下。这些大山前面的小山，一点没样子。而后面的大山又太大，地太小，山只能趴在那里。阿勒泰山就这样趴着，它站起来头和身子都没处放。坐下也不行，只能趴着。像山这么大的东西，可能趴下舒服一些。我从远处看阿勒泰山是趴着的，走进山里，山在头顶，仍然看见它是趴着的。它站起来头会顶到天外面去。可能天外面也没地方盛放它。我们人小，站起趴下都在它的怀抱里。

山的怀抱是黑夜。夜色使山和人亲近。山黑黝黝地蹲在身旁，比白天高了一些，好像山抬了抬身体，蹲在那里。

在喀纳斯村吃晚饭时，我一抬头，看见对面的山探头过来，一个黑黝黝的巨大身影。天刚黑时我看山离得还远，坐下吃饭那会儿，看见山近了，旁边的两座山在向中间的那座靠拢，似乎听见山挤山，相互推搡的声音。前面的山黑黑地探过头，像在好奇地听我们说山的事情，听见了扭头给后面的山传话，后面的又往更后面传，一时间一种哗哗哗的声音响起来，一直响到我们听不见的悠远处，在那里，山缓慢停住，地辽阔而去，地上的田野、道路和房子悠然展开。

山这么巨大的东西，似乎也心存孩子般的好奇。我感到山很寂寞。我们凑成一桌喝酒唱歌，山坐在四周，山在干什么。如果山也在聚餐，我们就是它的小菜一碟。可能它已经在品尝我们的味道，它嫌我们味道不足，让我们多喝酒，酒是它添加给我们的佐料，酒让我们自己都觉得有味了。山把有酒味的人含在嘴里，细细品尝，把没酒味的人一口吐出来，拨拉到一边。

早晨起来，我看见昨晚凑在一起的山都分开了。昨晚狂醉在一起的人，一个瞪着一个，好像不认识似的。

七、月亮

月亮是一个人的脸，扒着山的肩膀探出头来时，我正在禾木的木屋里，想象我的爱人在另一个山谷，她翻山越岭，提着月亮的灯笼来找我，轻敲木门。我忘了跟她的约会，我在梦里去找她，不知道她回来，我走到她住的山谷，忘了她住的木屋，忘了她的名字和长相。我挨个地敲门，一山谷的木门被我敲响，一山谷的开门声。我失望地回来时满天星星像红果一般在落。

就是在禾木的尖顶木屋里，睡到半夜我突然爬起来。

我听见月亮喊我，我推窗出去，看见月亮在最近的山头，星星都在树梢和屋顶，一伸手就够着它们。我前走几步，感觉脚离地飘起来，月亮把我向高远处引，我顾不了许多。

我童年时，月亮在柴垛后面呼唤我，我追过去时它跑到大榆树后面，等我到那里，它又站在远远的麦田那边。我再没有追它。我童年时有好多事情要做，忙于长个子，长脑子，做没完没了的梦。现在我没事情了，有整夜的时间跟着月亮走，不用担心天亮前回不来。

夜色把山谷的坎坷填平，我的脚从一座山头一迈，就到了另一座山头。太远的山谷间，有月光搭的桥，金黄色月光斜铺过来，宽展的桥面上，只有我一个人。

我高高远远地，蹲在那些星星中间，点一支烟，看我匆忙经过却未及细看的人世，那些屋顶和窗户，蛛网一样的路，我从哪条走来呢？看我爱过的人，在别人的屋檐下生活，这样的人世看久了，会是多么陌生，仿佛我从未来过，从我离开那一刻起，我就没有来过，以前以后，都没有过我。我会在那样的注视中睡去。我睡去时，满天的星星也不会知道它们中间的一颗熄灭了。我灭了以后，依旧黑黑地蹲在那些亮着的星星中间。

我回来时月亮的桥还搭在那里，一路下坡。月亮在千山之上，我本来可以和月亮一起，坐在天上，我本来可以坐在月亮旁边的一朵云上，我本来可以走得更高更远。可是，我回头看见了禾木村的尖顶房子，看见零星的一点火光，那个半夜烧火做饭的人,是否看见走在千山之上的我,那样的行程,从那么遥远处回来,她会为我备一顿什么样的饭菜呢。

从月光里回来我一定是亮的,我看不见我的亮。

木屋窗户敞开着,我飘然进来,看见床上睡着一个人,面如皓月。她是我的爱人。我在她的梦里翻山越岭去寻找她。她却在我身边熟睡着。

远路上的新疆饭

一

有一年，我们开车去阿勒泰，从天山脚下的乌鲁木齐出发，穿过茫茫准噶尔盆地，往天边隐约的阿尔泰山行进。原打算在黄沙梁吃午饭，那里的路边有几家卖拌面和大盘鸡的野店。所谓野店，就是前后不着村，饭馆的矮房子淹没在路边野草中，四周是沙梁起伏的荒漠。那时这条穿越荒野的道路旁人烟少，饭馆更少，南来北往的人，行到这里早都饿了，都会停车吃饭。我们却没饿，行车到半中午时，见路边一片瓜地，便沿便道开车到瓜地边，想买个西瓜解渴，一地西瓜明晃晃地熟在地里，却找不到看瓜人，没办法买，只好自己摘了吃，吃饱了在瓜皮下压了一块钱，算是付费。这顿西瓜把我们的午饭耽搁了，到黄沙梁的野店时，都饱着，就说再往前赶，结果一直赶到了黄昏，车里人饥肠辘辘，这时候的大漠落日，就像挂在天边永远吃不到嘴的圆馕。司机说，这段路上再不会有饭馆，也不会有西瓜地。我们穿过沙漠腹地已经到了更加干旱荒凉的阿尔泰山前戈壁。

这时，荒无人烟的路边突然冒出一间矮土房子，土墙上歪歪扭扭写着"沙湾大盘鸡"。赶紧刹车拐进去，车停在院子。所谓院子，就是土屋前一小片修整平坦的戈壁，和屋旁辽阔起伏的戈壁滩连在一起。店里只一张桌子，七八个板凳。女店主的表情也跟戈壁滩一样漠然，不冷不热地说一句"你来了"，那语气像是认得你。你似乎也觉得认识她，只是记不起来。她提着大茶壶，给每人倒一碗茶，那茶仿佛泡了一天，跟外面的黄昏一般浓酽。

忐忑地要了一份大盘鸡，问多久炒好。说快得很，一阵阵。果然喝几碗茶工夫，做好的大盘鸡端上来了，那盘子占了大半个桌子，鸡块、土豆块、辣子满满堆了一大盘。四双筷子齐刷刷伸过去，没人说一句话，嘴全忙着啃鸡，忙着吃里面的皮带面。太阳什么时候落山的都不知道，小店里渐渐暗下来时，我们才从贪吃中抬起头来，彼此看看，谁学着女店主的腔冷冷地说了句"你来了"，大家都笑起来。

我全忘了坐在一桌的人是谁，我们因什么事踏上了去阿勒泰的这趟旅行，只记得吃着大盘鸡的瞬间，我侧脸看着窗外荒天野地里的通红晚霞，地平线清晰地勾勒出大地的边沿，那是我在千里之外的小县城，时常看见的天边，我们开车跑了一整天，她还是那么远。仿佛比我在别处看见的更远。那一刻,一顿荒远的晚饭,就这样长久地留在了回味里。

多年后再走那条路,有意把时间磨到黄昏,想再坐在那小店的窗口,吃着大盘鸡看荒野落日。想再听那恍惚的一句"你来了",沿路经过一个又一个路边饭店,一直把天走黑,那土房子再找不见。

二

大盘鸡是我家乡沙湾发明的一道大菜,说是菜,其实也是饭。新疆饮食大多饭菜不分,拌面、抓饭、手抓肉都是饭里有菜,菜饭合一。大盘鸡也一样,主菜鸡,配料辣子、洋芋、葱、姜、蒜,外加特制皮带面,搅拌在一起,结实耐饿,适合在路途中吃,也方便在偏远路边店炒制,剁一只鸡,配一把辣皮子,一只铁锅便能炒制出来。

大盘鸡发明那些年,我在沙湾城郊乡农机站当管理员,常被拖拉机驾驶员拽去吃大盘鸡,那些跑远路的司机,吃遍天山南北,还是觉得大盘鸡好吃。好在哪,可能就是盘子大,可以放开吃。不像那些小碟子小碗的吃法,都不好意思下筷子。那时大小酒桌上的主菜都是大盘鸡。一大盘子鸡肉摆在面前,红辣皮子青辣椒,白葱绿芹黄土豆,满满当当堆一盘,能让人胃口大开,平添大吃大喝的豪气来。

沙湾大盘鸡在二十世纪九十年代沿公路传到全疆各地。

到现在,好吃的大盘鸡都在路上。后来大盘鸡传到城郊僻街陋巷，生意依旧红火。城里人纷纷开车来吃，城郊乱糟糟的环境能和大盘鸡相匹配。再后来大盘鸡进了城，乌鲁木齐繁华区开过许多大盘鸡店，没多久都倒闭了。不是城市厨师手艺不好，大盘鸡本是一道乡间野路子大菜，在乡村饭馆和路边的简陋餐桌上，它一盘独大，其他菜都围着它转。到了城里的大餐桌上，七碟子八碗，大盘鸡失去了霸主位置，自然就寡味了。

有几年我们在和丰做工程，常走呼克公路，早晨从乌鲁木齐出发，到黄沙梁那一片刚好中午，在路边沙包下的饭馆吃大盘鸡。那几家店我们轮换着吃过，味道都差不多，好不到哪里，只是那个环境，太适合吃大盘鸡了，屋外摆着永远擦不干净也支不稳当的圆桌，除了路，四周是沙漠荒野。有时刮起风，空气中呼呼啦啦地响，一阵沙尘草叶扬过来，大盘里的鸡肉也随之味道丰富起来。

我有一个亲戚，就在黄沙梁北边的沙漠里，开荒种了几千亩地，说了几次让我去他的农场玩。一次我路过黄沙梁，突然想去看看这个当地主的亲戚，打手机接不通，没信号，便驱车往沙漠里开，在岔路纵横的荒漠中凭感觉行驶了三个小时，最终盯着远远的一缕炊烟来到亲戚家的农场。那缕冒着炊烟的矮房子，坐落在一眼望不到边的棉花地边，女主人正在做午饭，见我来了，赶紧让小儿子骑摩托车去喊他父亲。

不一会儿，带着一身农药味的男主人回来了，说在开机子打农药。我说，耽误你干活儿了。亲戚说，让虫子多活半天吧，没事。说着扭头吩咐女人剁鸡，只听房后一阵鸡叫和扑腾声。又过了一阵子，一大盘鸡便做好端上来。男主人从床底下摸出两瓶沙湾苦瓜酒，我们边吃边喝边聊着棉花收成的事，五个男人，一会儿就把一瓶子酒喝光，第二瓶喝到一半时，主人喊小儿子去买酒，我说喝好了，还要赶路呢。小儿子不听我的，一脚油门，摩托车扬尘远去。

那半瓶酒喝完时，太阳已经西斜到棉花地里。主人看着空了的瓶子，不好意思地说酒很快买来了。我说不能再喝了，还要赶路。男主人说，你来了就不要想走。我说真的有事要走。主人说，你要再说走，我就开挖掘机去把路挖断。

天色黄昏时，听见摩托车声，小儿子抱来一箱子苦瓜酒。我问去哪买的酒，说公路边的小商店，来回一百多公里。我们等了三四个小时，先前喝上头的酒劲都过去了，主人又吩咐剁鸡炒菜重新喝。我看天色已晚，哪都去不了了，只好任凭主人安排。

第二轮酒是在月亮底下喝开的，酒桌摆在沙地上，白天的闷热过去了，凉风从西边徐徐吹来，月光下轮廓清晰的沙丘像在晃动，月亮也在天上晃动。不知何时，同来的三个人早已躺在沙地上睡着了，司机也在敞开的车门里呼呼大睡，剩下我和亲戚举杯对饮。

荒漠之中，明月之下，两个喝高了的人，嗓音高低不平地说着明早肯定会忘记的滔滔大话，那话随月亮升高，又随沙丘起伏向远。

我就在那时听见屋后面的鸡叫，先是一只，接着三只五只，远远地，沙漠那边的鸡叫也传过来。我看着盘子里剩了一大半的鸡肉，突然嗓子发痒，我从自己一个接一个的打嗝声里，也听见了鸡叫。

三

在新疆，最方便在野外吃的还有手抓羊肉，一锅水，一只羊，煮熟了吃，做起来比大盘鸡还简单。

一次我们到伊犁军马场去游玩，中午约在山谷里一户哈萨克牧民毡房吃煮羊肉。到了毡房，牧民说羊去后山吃草了，主人骑马去驮羊，结果一去半天。到太阳西斜，羊驮来了。招待我们的人说，羊远得很，山路也不好走。我们看着主人宰羊、剥皮，肉放进石头支起的大铁锅里，松树枝在炉膛慢慢烧着，我们耐心地等。

跟我们一起等待的还有盘旋天空的一群老鹰，鹰早在牧民马背驮羊下山时就盯上了，一直追踪到毡房前，看着羊宰了，煮进锅里，它们等着吃骨头。几只牧羊犬也等着吃骨头。还有远近草原上的牧民，他们看着天空盘旋的老鹰，就知道鹰翅膀下面的毡房煮羊肉了，一匹匹的马儿，驮着主人朝着这边溜达过来。

羊肉煮熟端上来时天已经黑了，堆成小山的一盘肉里，仿佛已经煮入了牧民上山驮羊的时间、羊在山上吃草的时间、鹰在天空盘旋的时间，以及我们饥饿等待的时间。

那一餐，我们一直吃到半夜，肉吃了一块又一块，每人面前都堆了一堆羊骨头。酒也喝掉一瓶又一瓶，都没有醉的意思。仿佛我们等了大半天的饥饿，要用大半夜才能吃喝回来。

四

我的朋友刘湘晨说过他最难忘的一顿饭。

那年他在塔什库尔干拍纪录片，要下山买摄像机电池，站在村口等车，等到快中午，路上连个车影子都没有。就在这时，山坡上说说笑笑来了五个姑娘，在路边的平地上支起帐篷，用石头垒起一个炉灶，放上铁锅，便开始架火烧饭。我的朋友不知道姑娘们给谁做饭，也不便过去问，就老老实实坐在路边等。等得快睡着了，过来一个姑娘喊他，让过去吃饭。姑娘说，我们在村里看见你在这里等车，今天不一定会过来车，明天后天也不一定有车过来，我们给你搭了帐篷，做了饭，你住下慢慢等。

我的朋友常年在塔什库尔干拍片子，住在当地的塔吉克族人家，早已领略了塔吉克人的热情好客。但这样的奇遇还是第一次。他感激地吃完姑娘们做的清炖羊肉，正打算在帐篷里住下，远远看见一辆运货的卡车开来。他多么不希望这辆车过来，最好明天后天也不要有车来，他就一直住在路边的帐篷里，每天看着五个姑娘在石头垒的炉灶上给他做饭，晚上躺在帐篷里，望着高原上的星星和月亮，做着美梦，等一辆永远不希望它过来的车。

他可能是塔什库尔干最幸福的路人了。

同样的幸福经历我也遇到过。

那次我们驾车去和布克赛尔蒙古自治县牛石头草原探路，那是一处远离县城的高山湿地夏牧场，没有正规道路，汽车走的都是羊道，羊群踩出的道大坑小坑，要把车颠散架似的。一百多公里的路，走了四个多小时。大中午时，一行人进到一户牧民毡房，男人放羊去了。我们给女主人说，能否给做点吃的，我们付钱。

女主人热情地招呼我们上炕坐下，很麻利地铺上一块白色单子，把烤馕和小油饼放在上面，沏上烧好的奶茶，让我们品尝。然后，女主人架着外面的炉子，开始煮风干牛肉。

我们出去游玩拍照。这里是一片高山湿地牧场，一块块的巨大石头，像卧在草原上的石牛，全头朝西，任由西风吹凿出头、身体和鼻子眼睛。草原上还有两个小湖泊，挨得不远，像两只望向天空的眼睛。我们玩得忘记时间，直到听见女主人站在一块大石头上高喊，声音高高地飘到天上又落在草地的大石头间。

那顿肉我们吃得很仔细，肉被风吹干，再煮熟，还是干硬的，只有小块地咀嚼，肉里有风的悠长干燥，有草从青长到黄的香，有石头的咸，有松枝烧柴的火气。一大盘子牛肉，细嚼慢咽地全吃光了。

临走时问主人需要多少钱。

"不要钱。"蒙古族阿妈说。

同行的朋友掏出五百元钱硬塞给阿妈。阿妈拗不过,就收下了。然后,她俏皮地笑着,一人一张把五百元钱塞给了我们一行五人。

像是塞给她的五个孩子。

五

那年我和一位作家在维吾尔族朋友陪同下,到库车塔里木乡采风。

爱说笑话的乡会计开一辆没刹车的破桑塔纳,拉着我们在渠沟纵横的胡杨林里穿行。矮胖敦实的维吾尔族乡书记坐前面,我们同行三人挤在后排。会计用半生不熟的汉语说,你们不要担心我的车没刹车,刹车多得很,胡杨树、沙包、渠沟都是刹车。确实这样,对面过来一辆拖拉机,眼看撞上了,会计一把方向,直接对在路边沙包上,把车刹住了。

晚饭安排在塔里木河边一户农民家,两间房子,孤孤地坐在胡杨林里。我们进屋脱鞋上炕,炕桌上摆着馕和葡萄干,乡书记让我们坐上席,他和会计坐对面。我们喝着奶茶吃着馕,会计打开自己带来的几包油炸大豆和花生米,乡书记从身后摸出一瓶酒,打开自己倒一杯喝了,又倒一杯给我。维吾尔族喝酒是一个杯子轮流转,转一圈,酒瓶子交给我,我先倒一杯自己喝了,再倒一杯给乡书记,就这样一圈圈地转,几包花生米都吃完了，天上星星出来了，我以为就这样一直喝下去了，突然房门打开，主人端着一大盘煮熟的羊肉进来，接着提来水壶，挨个给我们浇水净手。乡书记说，刚宰的羊。书记带我们双手捧起做了祈祷。然后，他从腰上的刀鞘里抽出一把刀子，刃朝自己，刀把递给我。我在盘子中间最大的那块肉上割一块自己吃了，又割一块给乡书记，然后刀子递给会计，他麻利地把肉削成小块递给我们，自己也不时塞一块肉在嘴里。

肉吃好已经是半夜了，我以为该开着没刹车的桑塔纳回乡上睡觉了。可是，乡书记又摸出一瓶酒，说刚才是白喝，没有菜。现在菜来了，正式喝。

这场酒从半夜开始，往深夜里喝。与我同行的作家喝几杯说醉了，一歪身躺炕上睡着了。我们在他的鼾声里一杯杯地喝，他睡一觉突然坐起来，说该走了吧。乡书记见他醒了，拉住硬给他灌一杯酒，他又倒身睡过去。我们就在他睡睡醒醒间，喝了一瓶又一瓶。中间有一阵子，我有点迷糊，喝了几杯又醒过来。醒过来我突然开始说维吾尔语，他们都惊奇地看着我，这个前半夜不会说半句维吾尔语的汉人，后半夜张口就是维吾尔语。我用维吾尔语跟他们说笑，给他们敬酒，他们都能听懂我说什么，我也知道我在说什么。似乎我几十年来听到耳朵里的维吾尔语都被酒激活，涌到了舌头根上。

喝到东方泛白，我出去方便，看见房后胡杨树林下隐隐约约的水光，一大片，我沿林间小路走过去，宽阔的塔里木河出现在眼前。整个一夜，我们就在塔里木河沉静的涛声里喝着酒，却浑然不知。

我从河边回来时，听见了鸡叫。天渐渐亮起来，从水流中能看见亮起来的天色，胡杨树梢上的叶子也有了亮光。我回到屋里，见他们已经横七竖八躺了一炕，全睡着了，打着呼。那个使劲劝我喝酒的乡会计，还说了两句维吾尔语的梦话，听不清。男主人打着哈欠进来，低声对我说了句话，我听不懂，想回一句，嘴张开，说了半夜的维吾尔语竟半句都找不见。我不好意思地对他笑笑，然后，挤到炕角上和他们一起睡着了。

六

好多年前，我和回族画家张永和在老奇台镇采风，中午坐在路边小饭馆门前吃拌面。过来三驾马车，车上堆着空麻袋，显然刚卖了麦子。赶车人把马拴在门口的杨树上，一伙人吵吵嚷嚷在门口的大桌子前坐下，我以为他们要大喝一场，粮卖了，人人口袋里装着钱。

可是，他们什么都没要。

其中一个人往里面高喊："老板，来碗面汤，馍馍自带。"

他们从随身布袋里拿出馍馍，每人拿出的都不一样，有白面的、苞谷面的，有花卷，有馒头，摆在桌子上。老板从后堂抱来一摞子大瓷碗，一人跟前摆一个，拿大水勺挨个地加满冒热气的面汤。

"谢谢啦,老板。"其中一个说。

"喝完了再加。"老板说。

他们用面汤泡馍馍很快吃完了,我和永和吃过拌面,喝着面汤看他们赶马车上路。

问老板他们咋喝个面汤就走了。老板说:"今年天灾,粮食收得少,农民都舍不得吃拌面,就要一碗面汤对付了。"

"不过,他们收成好的时候会过来好好吃一顿。"老板又说。

面汤是新疆最暖人的汤,不要钱。吃完拌面,最舒服的就是喝碗面汤了,汤里全是面的味道,略咸,喝一口下去,面汤烫烫地穿过刚入胃的拉面,那些香味又被勾回来。

有一个笑话,店小二给老板说:"一食客吃完拌面没付钱走了。"老板问:"喝面汤没?"小二说:"没喝。"老板说:"那就没事。"过了会儿,果然食客急匆匆回来,让老板上碗面汤。

我在沙湾金沟河乡农机站工作那两年,每天中午到乌伊公路边的饭馆吃拌面,一次一位种棉花的农民坐在对面,和我一样要了拌面,菜和面端上来时,他先把一小半菜拌在面里,很快吃完,喊一声"老板,加面"。剩下的菜分一半到新加的面里,吃完再喊一声"老板加面",待面上来,把其余的菜全拌进去,菜盘子拿面擦干净,呼噜呼噜吃了,又喊一声"老板,面汤"。

我被他的吃法感染,也喊了声"老板,加面"。面加了却没吃完。

听老板说，附近种地的农民，天刚亮就下地，中午没工夫回家做饭，就到饭馆结结实实吃一顿拌面，然后干到天黑才回家。那一份拌面，要把上半天耗尽的力气补回来，还要撑到天黑。出那么大劲，加几个面都不够的。

路边饭馆的常客多是跑长途的司机，这顿吃了，下顿在千里之外。拌面是最能抗饿的。饭量大的加两三份面，再喝一两碗面汤，弓腰进来，挺着肚子出去。吃拌面的人，吃到加面才是最香的，加面不要钱，最后那碗面汤也不要钱。这是新疆饭的厚道，管吃饱喝好。

进到新疆的大小饭馆，主人先倒一碗烫茶，再问你吃啥。茶水也是免费的。一个不产茶的地方，竟然免费给客人喝茶。

那几年我常坐在路边饭馆喝茶，道路坑坑洼洼，汽车远去后，扬起的尘土缓缓落下来，像岁月一样，落在身上头上，我不管不顾地坐着。那时我年轻迷茫，看着远去的汽车会莫名伤感，仿佛什么被带走了，让我变得空空荡荡，又满眼惆怅。

多少年后我还喜欢在路边的小饭店吃饭，望着往来车辆，想找到年轻时的那份忧伤。我二十多岁时，在尘土飞扬的路边，想望见四十岁五十岁的自己，到底走到了哪里。如今我年近六十岁，知道已走在人生的远路上，此时回头，看见二十岁的自己还在那里，我在他远远的注视里，没有迷路，没有走失。

牧游草原

一、牧道

　　在新疆塔城塔尔巴哈台山和托里玛依勒山之间，隐藏着一条长达三百多公里的牛羊转场道路。每年春秋季节，数百万牲畜浩浩荡荡走在这条古老牧道上。一群一群的牛羊头尾相接，绵延几百公里。这条时而与公路并行的牧道，多少年来默默承载牛羊转场，它没有名字，只是一条羊走的路，跟地上的蚂蚁老鼠路一样，谁会操心它通向哪里？二〇〇九年的一天，一个叫方如果的作家，突然发现了它。这之前方如果曾多少次走过这条路，路旁牛羊转场的场面也早已熟视无睹。可是那一天，就在奔驰的汽车里，他一扭头，看见公路旁缓缓移动的羊群，和羊脚下密密麻麻的路，他让车停住，下路基走到羊群后面，发现深嵌土中的一条条小羊道组成的宽阔大牧道，蜿蜒穿过山谷草地。他被自己的发现激动不已，一会儿跑上公路，往下看羊的路，一会儿又站在羊的路上反复看人的路。随后的几个月里，他沿这条牧道走到远远近近的山谷和草原。一条世间罕见的有着三千多年固定转场历史的游牧大道在他头脑里逐渐完整。他为这条牧道起名：塔玛牧道。

二、风道

手绘地图上的塔玛牧道，像一棵枝杈丰茂的大树和它的根部，树干部分是老风口牧道，那些分叉到塔尔巴哈台山和托里玛依勒山各沟谷的牧道，在老风口汇聚成一条主干。老风口是进出玛依勒山区冬窝子的唯一通道，也是塔城盆地和准噶尔盆地气候交流的孔道。在这条不算宽阔的山谷地带，风要过去，四季转场的牛羊要过去，东来西往的人要过去。风过的时候人和羊就得避开。风是这条路上的最早过客，后来是羊和其他动物，再后来是人。

自从有了人，老风口变得不一样了。因为人想把风挡住，自己先行。

史书记载清代官方曾用一百张牛皮缝起来，竖在老风口，说是要把风的嘴缝住。还建风神庙祭祀。古人有古怪办法治风。事实证明毫无作用。

二十世纪九十年代，塔城地区投巨资在老风口植十万亩防风林，树木成林后老风口冬季的风明显小了，但风口北边额敏县城的风据说大了。风要过去，谁也挡不住，缝牛皮也好，植树造林也好，都不能阻止风过去。人造的十万亩防风林，确实比一百张牛皮管用，但它仍然无法把风的嘴缝住。风被树林挡了一下，往北侧了侧身，从村庄田野和额敏县城刮过去。

远近牧场的羊，在老风口的主牧道汇集。在到达老风口前的一个月里，羊群就排好了队，一群挨一群过去。刮风时停下等风。遇山洪停下避水。羊道比公路拥挤。人的路坏了修修了坏，羊道从来不坏。羊的四只蹄子不会走坏自己的路，只会越走越深，越走越远。人修路挖坏或侵占了羊道，羊就走公路。一些狭窄山谷只容一条路通过，有人的就没羊的。羊只好与人争路。羊群一拥上公路，世界就慢下来，跑再快的车也得慢悠悠跟在羊群后面。一群羊让人瞬间回到千年前的缓慢悠长里。

老风口呜呜吼叫的风声，在顺风几百里的地方都能听见。
那时羊群都躲在洼地避风，耐心等风停。羊不着急，牧羊人也不急。被堵在风口两边的人着急，他们都有急事，赶着外出或回去。风把人的大事耽搁了。有些事耽搁不起，就有人冒险闯风口，结果丧命。他不知道风的事更大更急。羊和牧羊人早都知道，此刻天底下最大最急的事情就是刮风。

风不过去,谁都别想过去。羊在哪候着都有一口草,一个白天和晚上。堵在风口两边的人,也在烦人的风声里学会安静下来,等待一场一场的风刮停。

三、鸟道

从塔城到托里,并行的牧道和公路上面,还有一条黑色鸟道。

成群的乌鸦和众多鸟类,靠公路养活。乌鸦是叫声难听的巡路者,一群群的黑乌鸦在路上起起落落。乌鸦群飞在公路上空是一条黑压压的路。落下来跟柏油路一个颜色,难分辨。塔城盆地是北疆大粮仓,往外运粮的车队四季不绝。乌鸦就靠运粮车队生活。鸦群在行驶的汽车上头叫,开车人受不了乌鸦"啊啊"的叫声,想快快走开。乌鸦乘机落在粮车上,啄烂车厢边的麻袋,麦子、苞谷、黄豆、葵花籽在汽车的颠簸中洒落一路。鸦群沿路抢食。麻雀和黄雀也跟着乌鸦享福。老鼠也安家在路旁,忙着搬运洒落马路的粮食。

早年,运粮汽车上坐一个赶鸟的人,乌鸦飞来了就啊啊地叫。挥动白衣服赶。乌鸦怕白。这个不知谁传下来的可笑说法,竟被当真用了。乌鸦若怕白就不敢飞到白天了。后来运粮车上蒙了厚帆布,乌鸦啄不烂,到别处谋生活去了。有的飞到城市,跟捡垃圾收废品那些人搭伙。乌鸦有脑子,飞到哪都能过上好日子。

在南北疆，见到最多的就是乌鸦。乌鸦把靠路生活的办法传给更多的鸟。它们离不开路了。连野鸽子和鹞鹰，都是公路上的常客。老鼠更是打定主意世世代代在公路边安家。路上那么多车过往，总会有可吃的东西洒落下来。尽管每天有老鼠被车轮碾死，有鸟被车撞死。

还有靠公路谋生的人，背一个口袋走在路边，见啥捡啥，矿泉水瓶、酒瓶、易拉罐，秋天散落路边的棉花，风刮落的大包小包，运气好时还有飘出车窗的钱票子。和乌鸦一样聪明的人，在蚂蚁老鼠和鸟迁到路旁之后，跟着就赶来了，远远近近的公路都被人占领，路被一段段瓜分，三十或五十公里就有一个巡路的，里程清楚，互不相犯。在五十公里的马路边拾的东西，养活五口之家没一点问题。

鸟在人的道路开通前，早已学会靠羊道生活，鸟在高空眼睛盯着牧道，羊群来了就落下来，站在羊背上找食物。粘在羊毛上的草籽，藏在羊毛里的虫子，都是好吃食。每群羊头顶上，都有一群鸟。鸟是牛羊的医生和清洁工。牛背上的疮，全靠鸟时刻清理蛆虫，直到痊愈。羊脊背痒的时候，就扭身子，往天上望。鸟知道羊身上有虫子了，飞来落在羊背上，在厚厚的绒毛里啄食。

鸟很依赖羊。有的鸟老了，飞不动，站在羊背上，搭便车。从春牧场到夏牧场，又回来。就差没在羊毛里做窝下蛋。

四、转场

同一张皮里,羊瘦十次胖十次。到春天又瘦了。

春天是羊难过的季节。转场开始了。牧民收起过冬的毡房。羊群自己调转头,跟着消融的冰雪往上走。雪从羊度过漫长冬季的"冬窝子",一寸寸往远处山坡上消融。那是一条羊眼睛看见的融雪线。深陷绒毛的羊眼睛里,一个雪白世界在走远。羊的一天是从洼地到山坡那么长,一年则是一棵草长到头那么短。看不见下一个春天的羊,会在一个春天里遇见所有春天。这个人羊疲乏的季节,羊耳朵里装满雪线塌落、冬天从漫山遍野撤退的声音。

雪消到哪儿,羊的嘴跟到哪儿。大雪埋藏了一冬的干草,是留给羊在泥泞春天的路上吃的。羊啃几口草,喝一口汪在牛蹄窝里的雪水。牛蹄窝是羊喝水的碗,把最早消融的雪水接住,把最后消融的雪水留住。当羊群走远,汪过水的牛蹄窝长出一窝一窝的嫩草,等待秋天转场的牛羊回来。羊蹄窝也汪水,那是更小动物的水碗。

转场对牧人来说是快乐的事,毡包拆了搭,搭了拆,经过一片又一片别人的草地,赶着自己的羊,吃着别人的草,哼着悠长的歌。一切都是天给的。羊动动嘴,人动动腿,就啥都有了。

洼地的冬窝子寂寞了。芦苇、芨芨草、碱蒿、骆驼刺,不受打扰地长个子,长叶子结草籽,这些在冬天不会被雪埋住的高个子草,是留给羊回来过冬的。一般年份,盆地的雪不会深过羊腿,牧人在白茫茫的雪地上放牧。羊嘴笨,不会伸进雪中拱草吃。羊有自己的办法,前面的羊会为后面的羊蹚开雪,牛和马也是羊过冬的好伴儿,牛马走过的雪地上,深雪被蹚开,雪下的枯草露出来。当然,最好的帮手是风,一场一场的大风刮开积雪,把地上的干草递给羊嘴。

遇到不好的年成,大雪托住羊肚子,羊在雪地上寸步难行。所有的草被埋没,牛和马都找不到草吃,牧民也束手无策,这就是雪灾了,只有等政府的人来救助。一旦困在大风雪中,牧人唯一能做的事就是等待张望,牛羊跟着人张望等待。有时候,果真望见有推雪机开路过来,后面装着干草的汽车开到羊圈旁,一捆一捆干草扔下来。面和清油卸下来。羊和人都得救了。

五、节绕

夏牧场的青草是给活到夏天的羊吃的。总有一群一群的羊走到夏天。夏牧场,在哈萨克语里叫"节绕",有节日和喜庆连连的意思。一年四季的转场,就为转到花开草青的夏牧场。转到夏牧场,就是胜利。

新疆的春天从四月开始,七月到九月才是夏天。从春牧场开始,羊踏着泥泞走,追着草芽走,草长半寸,羊走十里,前面羊啃秃的草,又被后面的羊啃秃。一棵草被啃秃十次长出十次，就没有希望长老了，别处的草开花结果了，它还在努力地长叶子，一直长到草头伸到风中，看见最后的羊群走远，牧人驮在马背的毡包转过一个山弯，再看不见。

　　走到夏牧场的羊，是幸福的，所有的青草被羊追赶上。皮包骨头的羊，在绿油油的草场上迅速吃胖。羊发愁吃胖。这个牧羊人知道。一场一场的婚礼割礼排成队，赛马、姑娘追、阿肯弹唱排成队。羊在一旁啃着草侧耳听人热闹。羊和人早就商量好了，牧人给羊干活儿：搭羊圈、帮羊配种、接生、剪羊毛、起羊粪、喂草、看病。人给羊干的最后一个活儿是把羊宰了吃了，这也是羊唯一给人做的。羊知道被人养的这个结果。知道了就不去想，吃着草等着，等剪掉的毛长起来，等啃短的草长长，等毡房旁熄灭的炊烟又升起来，等到一个早晨牧人走进羊群，左看右看，盯上自己，伸手摸摸头，抓抓背上的膘，照胖嘟嘟的尾巴拍一巴掌。时候终于到了。回头看看别的羊，耳朵里满是别的羊在叫。自己不叫，只是回头看。

　　托里沙孜湖，那片被称为贵族草原的美丽夏牧场，是远近牛羊迁徙的目的地，尽管很多牛羊在这里被宰掉，但还是争相前往。在羊的记忆里，那片有湖泊湿地的山谷牧场，是天堂。每只羊都知道去沙孜草原的路。知道去塔尔巴哈台和玛依勒牧场的路。塔城四个县的羊群汇聚在沙孜湖。牧人说，羊夏天不吃一口沙孜湖的草，会头疼一年。所有的羊都往沙孜湖赶。羊一心要去的地方，谁能挡住。羊有腿还有道呢。牧人只是跟在羊群后面，走到水草丰美的夏牧场。当天气转凉，在草木结籽牛羊发情的九月，膘肥体壮的羊交了欢怀了羔，转身走向回家之路。牧人依旧跟在羊群后面。夏牧场是羊夏天的家。冬窝子是冬天的窝。回到低洼的避风处，去年冬天吃秃的草，今年又长高了，草远远望见羊群回来，草被羊吃掉，就像羊被人吃掉一样自然。

六、牧游

塔玛牧道的发现和命名，只是一个开始。这个叫方如果的作家，一心想把这条牧道推出去，让世人知道它的价值，他写了长达十万字的纪实散文《发现塔玛牧道》，还针对塔玛牧道发明了一种新的旅游方式：牧游。是将游牧倒过来读，从"牧"的尽头往回"游"，这是一种全新的旅游理念。它的模式是由政府或公司负责培训管理牧户，让牧民在保持其原生态文化生活的基础上，具备一定的旅游接待能力。旅行社直接将游客导入牧民毡房，让游客在欣赏草原美景的同时，随牧民转场放牧，跟着羊群去旅游，羊走到哪，人跟到哪。过一把草原游牧生活的瘾。

牧游的路线就是牧道。在天山和阿尔泰山中，隐藏着一条条千年不变的古老牧道，有的长几十公里，有的几百上千公里，每条牧道都堪称隐秘绝美的旅游景观带，从冬牧场的山前平原丘陵，通往大山深处水草丰美的夏牧场。牧游是引导人们离开平坦大路，去走羊的崎岖小道。走羊的通天牧道。看羊眼睛里的草青花红，日出日落，听羊耳朵旁的风声水声，虫鸣鸟鸣。过前世里约定的草原游牧生活。

这种让游客直接进入牧民生活的体验旅游，也是让牧民直接受益的民生旅游。它的更大意义是，牧游的创生，将打破新疆现有的被景区控制的旅游格局，让有牧民转场的山谷，有牛羊放牧的草场都变成景区。靠一条条风光无限的转场牧道，和牧道上原生态的游牧生活，将整个天山、阿尔泰山、伊犁河谷、塔城盆地，全变成游客自由出入的旅游景区。

在距塔玛牧道二百多公里的和布克赛尔谷地，牧游试点在那里开始。随着草场退化和严重萎缩，以及牧民安居工程的落实，四季转场的游牧生活业已走到尽头。人类的游牧时代就要结束了。牧游，在这时被创生出来。它是对西域古老游牧文明的一场回望和挽留。

在这个世界上，人在走路，羊也在走路。羊的路走向哪里。你不想去看看吗？

托包克游戏

吐尼亚孜给我讲过一种他年轻时玩的游戏——托包克。游戏流传久远而广泛，不但青年人玩，中年人、老年人也在玩。因为游戏的期限短则两三年，长则几十年，一旦玩起来，就无法再停住。有人一辈子被一场游戏追逐，到老都不能脱身。

托包克游戏的道具是羊腿关节处的一块骨头，叫羊髀矢，像色子一样有六个不同的面，常见的玩法是打髀矢，两人、多人都可玩。两人玩时，你把髀矢立在地上，我抛髀矢去打，打出去三脚远这块髀矢便归我。打不上或没打出三脚，我就把髀矢立在地上让你打，循环往复。从童年到青年，几乎每个人都拥有过一书包各式各样的羊髀矢，染成红色或蓝色，刻上字。到后来又都输得精光，或丢得一个不剩。

另一种玩法跟掷色子差不多。一个或几个髀矢同时撒出去，看落地的面和组合，髀矢主要的四个面分为窝窝、背背、香九、臭九，组合好的一方赢。早先好赌的人牵着羊去赌髀矢，围一圈人，每人手里牵着根绳子，羊跟在屁股后面，也伸进头去看。几块羊腿上的骨头，在场子里抛来滚去，一会儿工夫，有人输了，手里的羊成了别人的。

托包克的玩法就像打髀矢的某个瞬间被无限延长、放慢，一块抛出去的羊髀矢，在时间岁月中飞行，一会儿窝窝背背，一会儿臭九香九，那些变幻人很难看清。

吐尼亚孜说他玩托包克，输掉了五十多只羊。吐尼亚孜是库车城里有点名气的铜匠兼木卡姆歌手，常受邀演出木卡姆，也接触过上层社会里一些有脑子的人。他的托包克游戏，便是跟一个有脑子的人一起玩的。在他们约定的四十年时间里，那个跟他玩托包克的人，只给了他一小块羊骨头，便从他手里牵走了五十多只羊。

真是小心翼翼、紧张却有趣的四十年。一块别人的羊髀矢，藏在自己腰包里，要藏好了，不能丢失，不能放到别处。给你髀矢的人一直暗暗盯着你，稍一疏忽，那个人就会突然站在你面前，伸出手：拿出我的羊髀矢。你若拿不出来，你的一只羊就成了他的。若从身上摸出来，你就赢他的一只羊。

托包克的玩法其实就这样简单。一般两人玩，请一个证人，商量好，我的一块羊髀矢，刻上记号交给你。在约定的时间内，我什么时候要，你都得赶快从身上拿出来，拿不出来，你就输，拿出来，我就输。

关键是游戏的时间。有的定两三年，有的定一二十年，还有定五六十年的。在这段漫长的相当于一个人半生甚至一生的时间里，托包克游戏可以没完没了地玩下去。

吐尼亚孜说他遇到真正玩托包克的高手了，要不输不了这么多。

第一只羊是他们订好协议的第三天输掉的，他下到库车河洗澡，那个人游到河中间，伸出手要他的羊髀矢。

输第二只羊是他去草湖割苇子。那时他已有了经验，在髀矢上系根皮条，拴在脚脖上。一来迷惑对方，使他看不见髀矢，贸然地伸手来要，二来下河游泳也不会离身。去草湖割苇子要四五天，吐尼亚孜担心髀矢丢掉，便解下来放在房子里，天没亮就赶着驴车去草湖了。回来的时候，他计算好到天黑再进城，应该没有问题。可是，第三天中午，那个人骑着毛驴，在一人多深的苇丛里找到了他，问他要那块羊髀矢。

第三只羊咋输的他已记不清了。输了几只之后，他就想方设法要赢回来，故意露些破绽，让对方上当。他也赢过那人两只羊，当那人伸手时，他很快拿出了羊髀矢。可是，随着时间推移，吐尼亚孜从青年步入中年。有时他想停止这个游戏，又心疼输掉的那些羊，老想着扳本儿。况且，没有对方的同意，你根本就无法擅自终止，除非你再拿出几只羊来，承认你输了。有时吐尼亚孜也不再把年轻时随便玩的这场游戏当回事儿了，甚至一段时间，那块羊髀矢放哪儿了他都想不起来。结果，在连续输掉几只肥羊后，他又在家里的某角落找到了那块羊髀矢,并且钻了个孔,用一根细铁链牢牢拴在裤腰带上。吐尼亚孜从那时才清楚地认识到,那个人可是认认真真在跟他玩托包克。尽管两个人的青年已过去,中年又快过去,那个人可从没半点儿跟他开玩笑的意思。

有一段时间,那个人好像装得不当回事儿了。见了吐尼亚孜再不提托包克的事,有意把话扯得很远,似乎他已忘了曾经给过吐尼亚孜一块羊髀矢。吐尼亚孜知道那人又在耍诡计,麻痹自己。他也将计就计,髀矢藏在身上的隐秘处,见了那人若无其事。有时还故意装得心虚紧张的样子,就等那人伸出手来,向他要羊髀矢。

那人似乎真的遗忘了,一年、两年、三年过去了,都没向他提过羊髀矢的事,吐尼亚孜都有点绝望了。要是那人一直沉默下去,他输掉的几十只羊,就再没机会赢回来了。

那时库车城里已不太兴托包克游戏。不知道小一辈人在玩什么,他们手上很少看见羊髀矢,宰羊时也不见有人围着抢要那块腿骨,它和羊的其他骨头一样被随手扔到该扔的地方。扑克牌和汉族人的麻将成了一些人的热手爱好,打托拉斯、跑得快、诈金花,看不吃自摸和。托包克成了一种不登场面的隐秘游戏。只有在已成年或正老去的一两代人中,这种古老的玩法还在继续。磨得发亮的羊髀矢在一些人身上隐藏不露。在更偏远的农牧区,靠近塔里木河边的那些小村落里,还有一些孩子在玩这种游戏,一玩一辈子,那种快乐和担惊受怕我们无法体会。

随着年老体弱,吐尼亚孜的生活越来越不好过,儿子长大了,没地方去挣钱,还跟没长大一样需要他养活。而他自己,除了偶尔被人请去唱一场木卡姆,给个小红包,再就是花一礼拜时间打一只铜壶,卖几十块钱,也再没挣钱的地方了。

这时他就常想起输掉的那几十只羊,要是不输掉,养到现在,也一大群了。想起跟他玩托包克的那个人,因为赢去的那些羊,他已经过上好日子,整天穿戴整齐,出入上层场所,已经很少走进这些老街区,来看以前的朋友了。

有时吐尼亚孜真想去找到那个人,向他说,求求你了,快向我要你的羊髀矢吧,但又觉得不合时宜。人家也许真的把这件早年游戏忘记了,而吐尼亚孜又不舍得丢掉那块羊髀矢,他总幻想着那人还会向他伸出手来。

吐尼亚孜和那个人长达四十年的托包克游戏,在一年前的秋天终于到期了。那个人带着他们当时的证人,一个已经胡子花白的老汉来到他家里,那是他们少年时的同伴,为他们作证时还是嘴上没毛,十六七岁的小伙子。三个人回忆了一番当年的往事,证人说了几句公证话,这场游戏嘛就算吐尼亚孜输了。不过,玩嘛,不要当回事,想再玩还可以再定规矩重新开始。

吐尼亚孜也觉得无所谓了。玩嘛,什么东西玩几十年也要花些钱,没有白玩儿的事情。那人要回自己的羊髀矢,吐尼亚孜从腰带上解下来,那块羊髀矢已经被他玩磨得像玉石一样光泽。他都有点舍不得给那人,但还是给了。那人请他们吃了一顿抓饭烤包子,算是对这场游戏圆满结束的庆祝。

为啥没说出这个人的名字，吐尼亚孜说，他考虑到这个人就在老城里，年轻时很穷，现在是个有头面的人物，光羊就有几百只，雇人在塔里木河边的草湖放牧。而且，他还在玩着托包克游戏，同时跟好几个人玩。在他童年结束，刚进入青年的那会儿，他将五六块刻有自己名字的羊髀矢，给了城里的五六个人，他同时还接收了别人的两块羊髀矢。游戏的时间有长有短，最长的定了六十年，到现在才玩到一半。对于那个人，吐尼亚孜说，每块羊髀矢都是他放出去的一群羊，它们迟早会全归到自己的羊圈里。

　　在这座老城，某个人和某个人，还在玩着这种漫长古老的游戏，别的人并不知道。他们衣裤的小口袋里，藏着一块有年有月的羊髀矢。在他们年轻不太懂事的年龄，凭着一时半会儿的冲动，随便捡一块羊髀矢，刻上名字，就交给了别人。或者不当回事地接收了别人的一块髀矢，一场游戏便开始了，谁都不知道游戏会玩到什么程度。青年结束了，游戏还在继续。中年结束了，游戏还在继续。

　　生活把一同长大的人们分开，各奔东西，做着完全不同的事。一些早年的伙伴，早忘了名字相貌。青年过去，中年过去，生活被一段一段地埋在遗忘里。直到有一天，一个人从远处回来，找到你，要一块刻有他名字的羊髀矢，你怎么也想不起来，他提到的证人几年前便已去世。他说的几十年前那个秋天，你们在大桑树下的约定仿佛是一个跟自己毫无关系的故事。你在记忆中找不到那个秋天，找不到那棵大桑树，也找不到眼前这个人的影子，你对他提出的给一只羊的事更是坚决不答应。那个人只好起身走了。离开前给你留了一句话：哎，朋友，你是个赖皮，亲口说过的事情都不承认。

你的自尊心受到了伤害。白天心神不宁，晚上睡不着觉，整夜整夜地回忆往事。过去的岁月多么辽阔啊，你差不多把一生都过掉了，它们埋在黑暗中，你很少走回来看看。你带走太阳，让自己的过去陷入黑暗，好在回忆能将这一切照亮。你一步步返回的时候，那里的生活一片片地复活了。终于，有一个时刻，你看见那棵大桑树，看见你们三个人，十几岁的样子，看见一块羊髀矢，被你接在手里。一切都清清楚楚了。你为自己的遗忘羞愧、无脸见人。

第二天，你早早地起来，牵一只羊，给那个人送过去。可是，那人已经走了。他生活在他乡远地，他对库车的全部怀念和记忆，或许都系在一块童年的羊髀矢上，你把他一生的念想全丢掉了。

还有什么被遗忘在成长中了，在我们不断扔掉的那些东西上，带着谁的念想，和比一只羊更贵重的誓言承诺。生活太漫长，托包克游戏在考验着人们日渐衰退的记忆。现在，这种游戏本身也快被人遗忘了。

两个古币商

在沙依巴克街一条小巷子里，年轻的肉孜阿訇，做着一般人看不懂的古币生意，从一扇不起眼的小木门进去，里面一间套一间迷宫般的小房子。在肉孜家里可以看到库车两千多年来各时期的钱币，自汉代以来中原各朝代的铜币，以及从古丝绸之路上过往商人留下的许多国家和王朝的金币银币。肉孜不做收藏，只是倒卖。暂时卖不掉的留在家里，日积月累，他留下的古币已经成箱成柜，其数量种类早已超过专门的收藏者。

肉孜阿訇很少离开库车，不大知道一枚龟兹铜钱在广州、北京的钱市上是什么价。他只是廉价收来，能赚一个自己满意的数目，就出手了。他主要的买主是新城里的小兰姑娘。小兰做了十几年古币生意，知道外面行情。她也很少打问肉孜多少钱从别人手里收来这些东西。常常是肉孜说一个价，小兰觉得有赚头便成交了。

肉孜早先做旧地毯生意,是小兰把他引入经营古币这一行当的,时间大概是二十世纪九十年代初。那时肉孜在乡下收购旧地毯,顺便捡了半袋子铜钱,回来后也没当回事,见锈迹斑斑的,便倒在石灰盆中浸泡。这事不知怎么让小兰打问到了,以五毛钱一枚的价格全部买了去。

聪明的肉孜阿訇不久后便打问清楚了,小兰从他手中买走的铜钱,是新疆制的"建中大历",当时全国仅发现两枚,每枚市价五千到一万元。小兰一下购得三百枚,成了钱币界一件大事。这批古钱富了小兰也使肉孜阿訇从此改行,专营起钱币生意。他的生活,也从那时起一年年好转起来,一开始骑毛驴、坐驴车下去找钱,后来改骑摩托车。房子也由早先的一间扩到现在的许多间。他和小兰,成了库车钱币行的一对好搭档。

肉孜汉语说得不好,只会简单几句,无法到外地做钱币生意。小兰也只懂简单的几句维吾尔语,很少亲自到下面的村子里收购钱币。他们自然而然地做起联手生意:一个跑乡下,一个守城里。库车远远近近的村子,以及和田、阿克苏、喀什的大小村镇,都经常能看见肉孜和他那辆红色摩托车的影子。那些大户人家的宅院、没落贵族后裔的破房子里、废品收购站,以及铜匠铺中,都有可能出现好东西。肉孜见什么收什么,只要他认为的好东西:古钱、旧铜器、金银元宝、首饰、羊皮书……统统弄回家。小兰则坐守城中,从肉孜弄回的大堆破烂中找寻自己需要的东西。有些古币肉孜不认识，很便宜就让小兰买走了。好在肉孜聪明好学，吃一次亏就长一次见识。他除了向同行请教，还专门学习汉字，翻阅钱币书籍，渐渐地也懂得了一些钱币的知识和价值。他和小兰的关系，也逐渐变成两个钱币内行的交易。

两个古币商，多少年来就这样倒腾着这片古老土地上的钱币，从汉、魏晋时期的和田马钱、龟兹"汉龟二体钱"（钱币中铸有汉文、龟兹文两种文字）、察合台汗国钱、十七世纪后期的准噶尔"普尔钱"，以及贵霜、波斯、拜占庭等古老王朝的钱币，都在他们手中汇聚，然后"流通"到各地。

一枚库车出土的古钱，一般经过这样几个环节到达广州、北京的钱市。先是一个农民翻地挖柴（或偷偷到古城遗址挖掘）时，一坎土曼刨出来，有时一枚，有时数枚或一堆。接着是听到消息的肉孜阿訇，连夜骑摩托车下去，找到挖柴的人。往往去晚了钱币已经到另一个钱贩子手里，也可能一夜之间转了三次手，从一个村庄倒卖到另一个村庄，价钱也翻了几个跟头，肉孜只好多花钱买回来。不管多贵买来，肉孜都会再加上一个自己满意的数字，卖给别人，这部分是利润，他一般不让人。

然后是小兰。她一般每星期去一趟肉孜家，肉孜有了新货也会及时打电话给她。小兰看过钱币的种类、品相后，马上打电话给在广州做事的丈夫，丈夫报给她那边的价位。小兰一般不跟肉孜讨价，他们合作了十几年，早熟悉对方的脾气，她觉得价格合适就立马成交。顶多五天后，这些古币便通过邮政快件，到达广州钱市。

这个过程中赚得最少的是那个挖柴的人，虽然他只投入了一点儿力气，还是意外之财，但这一坎土曼刨出来的，或许是他一生唯一的一次好运气。若卖到几千块钱，就足以改变他一家人的生活。可是，他仅卖了几十块钱，够买一只羊腿，只改善了一家人一天的生活。不过这已经让他非常满意了。

赚得最多的，要算最终拥有这些钱币的那个人。一枚钱经过无数人的手，价格肯定高得不能再高。他买回来，再往上标一个更高的价，摆在自己的珍藏柜里。他加的这部分或许已经超过所有经手者赚的钱数总和。这样的钱，不是孤品也是世存无几，定多高的价都由拥有者说了算。最好的绝品最后都是有价无市，不管有没有人要，能否卖出去，拥有者都会把他增加的那部分算进自己的利润财产中。这是真正的懂钱人，要的只是一个有无限扩张可能的钱数，而不是可以拿在手中的一叠纸币。到了这时，一枚古钱又跟它未出土时一样——深埋在一个人手里。

许多年前——二十世纪的七八十年代，新疆红钱在东南亚、港台地区卖到天价时，在南疆库车这样的老城镇上，它仅作为破铜烂铁被废品站收购，大部分被维吾尔族敲工当原料，烧熔敲打成铜勺、铜盆、铜壶。那些如今早已少见的和田马钱、骆驼钱、唐代库车制币局打造的元字钱、清代的突骑施钱……成批成批倒进炉中熔了，当人们知道它的价值时，已经很难找到。十几年前还在孩子手中当玩具乱扔的古铜币，像一个季节的杏子一样，落得干干净净，说没有就没有了。

　　一段时间，挖寻古币似乎成了库车农民的一项收入。那些郊外种地的农民，翻地挖渠时都比以往更加仔细，眼睛盯着翻过去的每一块土。秋天收土豆和胡萝卜时，也比以前挖得更深，在没有果实的毛根下面，有时真的躺着一枚锈迹斑斑的古币，成了地里意外的收获，它的价钱，少则几元，多则几十几百元。当然，他们不会卖到这么高。他们从不会知道一枚古钱的真正价值，值几百几千元的一枚钱，在他们手里，卖几十上百元就不错了，剩下的利润是倒卖者挣的。一块地若发现了古币，这块地就遭殃了，被人翻几遍，挖得大坑小坑，把深层的沙石都挖上来。有专门靠找古币谋生的人，腰系绳子，扛一把坎土曼，从一座古城走向另一座古城。这片大地上荒弃了多少座古城谁也说不清楚，有的留有残垣断壁，有的埋在黄沙白土中不为人知，一场一场的风掀动沙土，埋掉一些东西又显露一些东西。找钱币的人，等到大风过后踏上荒野，风吹开一枚古钱上的累累沙土，露出不认识的半圈文字，吹露一只土陶的鲜丽彩图。有时风在茫茫沙海中刮出一座古城的清晰轮廓，人们寻找多年，从史书中走失的一座城池，奇迹般地出现了，成堆成堆的财宝埋在沙子里，这只是一代又一代寻宝人的梦。每一个寻宝人都想通过散落的一枚钱，找到一个王国的金库。

　　听说会找钱币的人，夜晚躺在荒野上，耳朵贴地，能听见钱在地下走动、翻身的声音。在深厚的沙土里，它们一个碰响另一个，像两个寂寞的孩子相互逗趣。

懂钱的人，能够看出钱的寂寞。一块钱和一个亿，同样孤独。人在钱上的良苦用心，并不能消解钱本身的孤独。一枚贫穷时代的钱、一枚强盛王朝的钱、一枚短命汗国的钱……一个个时代的钱最后全扔到土里，用过它们的手早已成灰，梦想它们的人依旧年轻。

钱会一枚枚被找到，埋藏再深的钱也会被找到。这座老城将越来越穷，它积攒几千年的钱，正被人倒腾光。不知道这些古钱当时买走了库车的什么东西。如今，它们成为最后的商品被卖掉。倒卖它们的两个古币商，却没有真正富裕。肉孜阿訇不断地把古币换成人民币，又用它买更多的古币，他家一间套一间的迷宫房子成了真正的古物仓库。

而小兰姑娘，一开始只想靠倒卖古币挣点钱，做着做着却喜欢上那些古钱币，每次都把差的卖掉，品相好的留在手里，她开始做很系统的收藏。十几年来她的收入几乎全投到买古币上，有时为买一枚稀有古币还向别人借钱。她由一个古币商贩变成真正的收藏者，她收藏的新疆红钱，据说是全国最多最全的。许多新疆古钱的珍品、孤品，据说都在她的收藏柜里，那些东西，已经成为她生命的一部分，再贵都不会卖掉。

龟兹驴志

库车四十万人口，四万头驴。每辆驴车载十人，四万驴车一次拉走全县人，这对驴车来说不算太超重。民国三十三年（1944）全县人口十万，驴两万五千头，平均四人一驴。在克孜尔石窟壁画中有《商旅负贩图》，画有一人一驴，驴背驮载着丝绸之类的货物，这幅一千多年前的壁画是否在说明那时的人驴比例：一人一驴。

文献记载，公元三世纪，库车驴已作为运输工具奔走在古丝绸道上。库车驴最远走到了哪里谁也说不清楚。解放初期，解放军调集南疆数十万头毛驴，负粮载物紧急援藏，大部分是和田喀什驴，库车毛驴征去多少无从查实。数十万头驴几乎全部冻死在翻越莽莽昆仑的冰天雪地中。库车驴的另一次灾难在五六十年代，当时政府嫌库车驴矮小，引进关中驴交配改良。结果，改良后的驴徒有高大躯体，却不能适应南疆干旱炎热的气候，更不能适应库车田野的粗杂草料，改良因此中止。库车驴这个古老品种有幸保留下来。

在库车数千年历史中，曾有好几种动物与驴争宠。马、牛、骆驼，都曾被人重用，而最终毛驴站稳了脚跟。其他动物几乎只剩下名字，连蹄印都难以找到了。这是人的选择，还是毛驴的智谋？

《大唐西域记》记载，库车城北山中有大龙池，池中的龙善于变化，常变成马，"交合牝马，遂生龙驹，儱戾难驭"，所以龟兹以盛产骏马闻名西域。那时当是马的世界，骆驼亦显赫其中。毛驴躲在阴暗角落，默默无闻，等待出头之日。龟兹城中无水井，妇女们要到龙池边汲水，那条交合过牝马的龙又变成男人，与女人交合。结果生出的全是龙种，能像马一样跑得飞快，个个恃武好强，不受国王管束。国王无奈，只好"引构突厥杀此城人"，龙驹也受牵连，剥皮宰肉，剩下乖巧听话的小黑毛驴。这条好色之龙，又幻化成驴形，与母驴交合，公驴不愿意，遂四处鸣叫，召集千万头，屁股对着龙池放草屁。池水被熏臭，龙招架不住，沉入池底，千余年未露头。驴的贞操被保住，其乖巧天性得以代代相传。

如今的库车已是全疆有名的毛驴大县。每逢巴扎日，千万辆驴车拥街挤巷，前后不见首尾，没有哪种牲畜在人世间活出这般壮景。羊跟人进了城便变成肉和皮子；牛牵到巴扎上也是被宰卖；鸡、鸽子，大都有去无回。只有驴，跟人一起上街，又一起回到家。虽然也有驴市买卖，只是换个主人。维吾尔族人禁吃驴肉，也不用驴皮做皮具，驴可以放心大胆活到老。驴越老，就越能体会到自己比其他动物活得都好。

库车看上去就像一辆大驴车，被千万头毛驴拉着。除了毛驴，似乎没有哪种机器可以拉动这驾千年老车。

在阿斯坦街紧靠麻扎的一间小铁匠房里，九十五岁的老铁匠尕依提，打了七十多年的驴掌，多少代驴在他的锤声里老死。尕依提的眼睛好多年前就花了，他戴一副几乎不透光的厚黑墨镜，闭着眼也能把驴掌打好，在驴背上摸一把，便知道这头驴长什么样的蹄子、用多大号的掌。

他的两个儿子在隔壁一间大铁匠房里打驴掌，兄弟二人又雇了两个帮工的，一天到晚生意不断。大儿子一结婚便跟父亲分了家，接着二儿子学成手艺单干，剩老父亲一人在那间低暗的小作坊里摸黑打铁。只有他们俩知道，父亲的眼睛早看不见东西了，当他戴着厚黑墨镜，给那些老顾客的毛驴钉掌时，他们几乎看不出尕依提的眼睛瞎了。两个儿子也从没把这件事告诉任何人，让人知道了，老父亲就没生意了。

尕依提对毛驴的了解，已经达到了多么深奥的程度，他让我这个自以为"通驴性的人"望尘莫及。他见过的驴，比我见过的人还多呢。

早年，库车老城街巷全是土路时，一副驴掌能用两三个月，跟人穿破一双布鞋的时间差不多。现在街道上铺了石子和柏油，一副驴掌顶多用二十天便磨坏了。驴的费用猛增了许多。钉副驴掌七八块钱，马掌十二块钱。驴车拉一个人挣五毛，拉十五个人，驴才勉强把自己的掌钱挣回来。还有草料钱、套具钱，这些挣够了才是赶驴车人的饭钱。可能毛驴早就知道，它辛辛苦苦也是在给自己挣钱。赶车人只挣了个赶车钱，车的本钱还不知道找谁算呢。

尤其老城里的驴车户，草料都得买，一公斤苞谷八毛钱，贵的时候一块多。湿草一车十几块，干草一车二三十块。苜蓿要贵一些，论捆子卖。不知道驴会不会算账。赶驴车的人得掰着指头算清楚，今年挣了多少，花了多少。老城大桥下的宽阔河滩是每个巴扎日的柴草集市，上千辆驴车摆在库车河道里。有卖干梭梭柴的，有卖筐和芨芨扫帚的，再就是卖草料的。买方卖方都赶着驴车，有时一辆车上的东西跑到另一辆车上，买卖就算做成了。空车来的实车回去。也有卖不掉的，一车湿草晒一天变成蔫草，又拉回去。

驴跟着人屁股在集市上转，驴看上的好草人不一定会买，驴在草市上主要看驴。上个巴扎日看见的那头白肚皮母驴，今天怎么没来，可能在大桥那边，堆着大堆筐子的地方。驴忍不住昂叫一声，那头母驴听见了，就会应答。有时一头驴一叫，满河滩的驴全起哄乱叫，那阵势可就大了，人的啥声音都听不见了，耳朵里全是驴声，吵得买卖都谈不成。人只好各管各的牲口，驴嘴上敲一棒，瞪驴一眼，驴就住嘴了。驴眼睛是所有动物中最色的，驴一年四季都发情。人骂好色男人跟毛驴子一样。驴性情活泛，跟人一样，是懂得享乐的好动物。

驴在集市上看见人和人讨价还价，自己跟别的驴交头接耳。拉了一年车，驴在心里大概也会清楚人挣了多少，会花多少给自己买草料，花多少给老婆孩子买衣服吃食。人有时自己花超了，钱不够了，会拍拍驴背：哎，阿达西（朋友），钱没有了，苜蓿嘛就算了，拉一车干麦草回去过日子吧。驴看见人转了一天，也没吃上抓饭、拌面，只啃了一块干馕，也就不计较什么了。

毛驴从一岁多就开始干活儿，一直干到老死，毛驴从不会像人一样老到卧榻不起要别人照顾。驴老得不行时，眼皮会耷拉下来，没力气看东西了，却还能挪动蹄子，拉小半车东西，跑不快，像瞌睡了。走路迟迟缓缓，还摇晃着，人也再不催赶它，由着驴性子走，走到实在走不动，驴便一下卧倒在地，像一架草棚塌了似的。驴一卧倒，便再起不来，顶多一两天，就断气了。

驴的尸体被人拉去埋了，埋在庄稼地或果树下面，这片庄稼或这棵果树便长势非凡，一头驴在下面使劲呢。尽管驴没有坟墓，但人在好多年后都会记得这块地下埋了一头驴。

四万头毛驴，四万辆驴车的库车，几乎每条街每个巷子都有钉驴掌的铁匠铺。做驴拥子、套具的皮匠铺在巷子深处。皮匠活儿臭，尤其熟皮子时气味更难闻，要躲开街市。牛皮套具依旧是库车车户的抢手货，价格比胶皮腈纶套具都贵。尽管后者好看，也同样结实。一条纯牛皮襻二十块、二十五块钱。胶皮车襻顶多卖十五块。

在老城，传统的手工制品仍享有很高地位。工厂制造的不锈钢饭勺，三块钱一把，老城人还是喜欢买五六块钱一把的铜饭勺。这些手工制品,又厚又笨,却经久耐用。维吾尔族人对铜有特别的喜好,他们信赖铜这种金属。手工打制的铜壶,八十元、一百元一只,比铝制壶贵多了,他们仍喜欢买。尽管工厂制造的肥皂,换了无数代了,库车老城的自制土肥皂,扁圆的一坨,三块钱一块,满街堆卖的都是。让它们退出街市,还要多少年工夫,可能多久也不会退出,就像他们用惯的小黑毛驴。即使整个世界的交通工具都用四个轮子驱动了,他们仍会用这种四只小蹄的可爱动物。

在新疆,哈萨克族人选择了马,汉族人选择了牛,而维吾尔族人选择了驴。

如果不为了奔跑速度,不为征战、耕耘、负重,仅作为生活帮手,库车小毛驴或许是最适合的,它体格小,前腿腾空立起来比人高不了多少,对人没有压力。常见一些高大男人,骑一头比自己还小的黑毛驴,嘚嘚嘚从一个巷子出来,驴屁股上还搭着两褡裢(布袋)货物,真替驴的小腰身担忧,驴却一副无所谓的样子。骑一辈子驴也不会成罗圈腿,它的小腰身夹在人的两腿间大小正合适。不像马,骑着舒服,跑起来也快,但骑久了人的双腿就顺着马肚子长成括弧形了。

库车驴最好养活,能跟穷人一起过日子。一把粗杂饲草喂饱肚子,极少生病,跟沙漠里的梭梭柴一样耐干旱。

在南疆,常见一人一驴车,行走在茫茫沙漠戈壁。前后不见村子,一条模糊的沙石小路,撇开柏油大道,径直地伸向荒漠深处。不知那里面有啥好去处,有什么好东西吸引驴和人,走那么远的荒凉路。有时碰见他们从沙漠出来,依旧一人一驴车，车上放几根梭梭柴和半麻袋疙疙瘩瘩的什么东西。

一走进村子便是驴的世界，家家有驴。每棵树下拴着驴，每条路上都有驴的身影和踪迹。尤其一早一晚，下地收工的驴车一长串，前吆后喝，你追我赶，一幅人驴共世的美好景观。

相比之下，北疆的驴便孤单了。一个村子顶多几头驴，各干各的活儿，很难遇到一起撒欢子。发情季节要奔过田野荒滩，到别的村子找配偶，往往几个季节轮空了。在北疆的乡村路上很难遇见驴，偶尔遇见一头，神色忧郁，垂头丧气的样子，眼睛中满是末世忧患，似乎驴心头上的事儿，比肩背上的要沉多少倍。

库车小毛驴保留着驴的古老天性，它们看上去是快乐的。撒欢子，尥蹶子，无所顾忌地鸣叫，人驴已经默契到好友同伴的地步。幽默的库车人给他们朝夕相处的小毛驴总结了五个好处：

一、不用花钱。

二、嘴严。跟它一起干了啥事它都不说出去。

三、没有传染病。

四、干多久活儿它都没意见。

五、你干累了它还把你驮回家去。

在库车两千多年的人类历史中，小黑毛驴驮过佛经，驮过《古兰经》。我们不知道驴最终会信仰什么。骑在毛驴背上的库车人，自公元前三四世纪起信仰佛教，广建佛寺，遍凿佛窟。当时龟兹国三万人口，竟有五千佛僧，佛塔庙千所，乃丝绸北道有名的佛教中心。葱岭以东的王族妇女都远道至龟兹的尼寺内修行。毛驴是那时的重要交通工具，驮佛经又驮佛僧，还驮远远近近的拜佛人。相传高僧鸠摩罗什常骑一头脚心长白毛的小黑毛驴，手捧佛经，往来于西域各国。过了一千多年，曾经笃信佛教的库车人改信伊斯兰教。常见阿訇手捧《古兰经》，骑一头小黑毛驴，往返于清真寺之间。那头小黑毛驴没变，驴上的人没变，只是手里的经变了。不知毛驴懂不懂得这些人世变故。

月光里的贼

一、风声

　　艾布听见自己的脚步声,在黑黑的巷子里响。艾布年轻时听不见自己的脚步声,他走路像飘,尤其夜晚,他提着脚在村子里走,别人听不到他的脚步,他自己也听不到,连耳朵背一点的狗都听不到。

　　我已经不像一个贼了。艾布想。

　　阿不旦村的夜晚,几十年前就这样,艾布觉得他的前半生是在夜里度过的,那些夹在高高白杨树中间的巷子,就像一个个黑洞,整个夜晚只有艾布一个人清醒地走,其他人都在睡觉。

　　艾布走到一家门口,扒在院墙探头望,院门从里面顶着,一个歪木棍,斜顶在门板上,来回搡几下门开了。村子里的院门，晚上多半交给一个顶门棍。有些人家的铁皮门，里面铁插销插着，一般不锁。这样的院门就要翻墙进去开。会翻墙的人比风还轻快，像月光一样悄无声息。铁皮门一动就有声音，铁皮的声音比木板响，铁比木头好声张。在刮风的夜晚，铁门木门都被风刮响，铁皮门发出破锣声，木板门发出烂鼓声。到后半夜，好多人家的大门被刮开，贼大步流星进去，牵走羊，随手把院门朝外扣住。第二天主人发现羊丢了，院门被人朝外扣住，出不了门，只有翻墙头出去，或者等路上过来人，喊住，帮忙打开门。

我一晚上把全村的牛羊偷完，他们都不知道。艾布想。

最好偷的是羊，无论牵一头还是赶一群，都乖乖跟着走，静悄悄地走出圈棚，走过主人家窗根，不叫一声，脚步比贼还小心，好像生怕被主人觉察似的。

艾布没偷过阿不旦村的羊。村里的羊都认识他，他也全认识它们，不好意思下手。他只偷过村里的狗。偷狗的活儿艾布小时候跟一个大哥哥学的，那是小偷首先要学会的，看上谁家的东西了，先把狗偷走，过几天再去偷其他东西。一个家里没有狗，就等于门敞开了。

偷狗的方法很多，艾布平常只用一种，叫钓狗，跟钓鱼一样，绳头的铁钩上挂一块肉，远远扔给狗，待狗把肉吃到嘴里，绳子一拉，狗嘴被钩住，叫不出声，只有乖乖跟着你走。

另一个方法是把一块干馕在酒里泡湿，扔给狗吃。狗醉倒后人进去偷东西。狗酒醒得一两小时，偷啥都得手了。不过遇到酒量大的狗，就没办法，一块馕吃了，不醉，两块馕吃了，还不醉。两个馕加一瓶子酒喂狗了，狗没迷糊，变得兴奋，耍起酒疯。狂跑乱咬。贼只好躲远。

还有一种办法，想偷谁家了，白天去串门，兜里装着馕，见狗就扔，几天就把狗喂熟。然后选一个夜晚，进来偷盗，狗见了非但不咬，还会讨好摇尾巴。

偷鸡最简单，但要选好时间。在天亮前，头遍鸡叫和二遍鸡叫之间去偷，最保险。那时天最黑，人也睡得死，头遍鸡鸣叫不醒人，叫醒了人也不睁眼睛，一迷糊又睡过去。这个时候的觉，给个国王都不换。有一个顺口溜说人世间的四香：鸡骨头，羊脑髓，东方白的瞌睡，小女子的嘴。东方白的瞌睡，说的就是天亮前那一阵。至于小女子的嘴，可不像偷鸡那么容易偷到。

艾布就偷到了。

那是一个有月亮的夜晚，艾布走进木匠买买提的院子。艾布不知道要偷啥，见院门没锁，就进来了。地上全是烂木头，一把斧头放在木凳上，白刃泛着光。木匠的斧头不能偷，偷回去会砍手。这是艾布小时候听木匠说的。艾布弓腰走过一个小窗口，听见木匠买买提像一把老条锯锯木头的鼾声，知道他睡这间房子。挨着是另一个小窗口，窗扇半开着，艾布趴着窗台，刚探进头，竟看见一双黑黑的眼睛在望他。艾布赶紧缩回头，拔腿要跑，却被一股力量牵住，艾布蹲下缓口气，又伸头看了一眼，这次他看清楚了，那双黑黑的眼睛是木匠女儿古丽莎的，她清醒地看着自己。

艾布心跳得厉害，从来没遇到这样的事。过了一会儿，艾布听见屋里有动静，赶紧蹲下身，他听见她下床，走到门口，接着门咯吱一声，开了个缝。艾布紧张得想跑，又听到她回到床上。艾布起身望屋里，又看见那双黑黑的眼睛，等在那里望自己。艾布下意识缩回身子，在窗根蹲了好一阵，他明白她的意思了，摸到门口，从半开的门缝侧身进去。

木匠买买提的女儿古丽莎半年后成了艾布的洋岗子。结婚不到半年就生了孩子。

二、月光里的贼

那时的夜晚多长啊，眼睁睁躺在床上，上半身睡着了下半身醒来了。好不容易把下半身哄睡着，眼睛又没瞌睡了。穿衣服出去，星星和月亮，把村子照得跟白天一样，全村人都睡着了，狗也睡着了，毛驴在草棚下眯着眼睛。驴这个鬼东西，耳朵灵醒地动，听人脚步呢，眼睛却装睡眯着。半夜出来的多是干坏事的人，驴不想让人以为它看见了。它什么都没看见，睡着呢。即使有贼娃子把驴身边的羊牵走、牛牵走，驴还是眼睛眯着，只竖耳朵听。

贼不偷驴，这一点驴都知道。偷驴是这一带贼娃子的禁忌。养驴的人不一定知道，他们把毛驴子看管得比牛羊小心，喂养得比牛羊仔细，当一家人一样。其他牲口都嫉妒呢。驴也知道其他牲口嫉妒，眯着眼，装不知道。

丢驴的事偶尔发生一次。都是生手干的，不懂规矩，顺手牵驴。这样的案子很难破掉。最难抓的贼是偷一次不偷了。俗话说，贼心人人有，贼胆个别人有。有贼胆的人才能成为贼娃子。好多人只是在人生的某个阶段或瞬间，有过贼念头，但手没伸，成了一个好人。还有的人是遇到好机会了，顺手偷一把。因为以后再没这样的好机会，或者东西偷回去后悔了，心不安。从此再不干这样的事，变成一个好人。

艾布也只当了几年小偷，后来结婚有了一对儿女，就住手不偷了。但喜欢在夜里游走的毛病却一直改不掉，只要窗口有月光照进来，他的眼睛就闭不住，清醒地躺着，等身旁的妻子睡熟，隔壁房间的孩子睡熟，然后穿衣出门。他轻脚走出自己家院子时，狗都懒得理识，只有驴眼睛幽幽地看着他。驴知道他干啥去。

为啥贼不偷驴呢。一说驴和贼娃子是一伙的，驴比贼还贼。二说贼偷不动驴，人夜里偷驴时，驴知道人在偷他，眼睛看着人，拉着不走，屁股坐住朝后退。驴和人在黑暗中默默较劲。懂行的贼遇到这种情况，就不偷了，顺手牵一只羊走了事。要是再强拉，驴就不给贼面子了，踢、尥蹶子、大声叫。贼自然被吓跑。

艾布也没偷过驴。羊偷回去连夜宰了，皮子杂碎埋掉，肉藏着慢慢吃。驴偷来没法处理。它不是可以吃肉的牲口，只有卖给人家使唤。买驴的人，也不买生人手里的驴。因为驴会跑回原来的主人家。卖多远驴也能跑回来。其实也卖不了多远，人不会把一头龟兹驴，骑到喀什卖掉。只要不出县，卖掉的驴迟早会找到。羊就不一样，几天找不到，就被人消化了，啥都没有了。

整个村子睡着了，总要有人醒来做些事情。月亮在喊人呢。贼一般不选择月夜里行窃。但月亮让贼睡不着。贼睡觉时手都放在被窝外。贼的手一见月光就醒来，不由自主地动，整个身体跟着醒来。贼睡不着时，不会像其他人老老实实躺着，手不愿意，痒得很，身体被手牵着走进月光里。这样的月亮地，不太适合行窃，贼就在月亮下走，到一个门口，轻轻推一下，眼睛贴门缝往里望，再趴院墙上，脚跐起来探头看，看见一个好东西，看到眼睛里拔不出来，翻墙进去。结果被发现。大月亮，贼躲藏不了，只有跑。

跑的方向有几种，一是向着月亮跑，影子拖在后面，抓贼的人踩着影子追，影子就像牲口拖在后面的缰绳，贼很难跑掉，但还是要跑，跑到月上中天，影子越来越短，最后回缩到自己脚下，抓贼的人抓不到影子，就有逃脱的机会。

二是背着月亮跑，月亮在东边时人往西跑，影子在前面。捉贼的人看见自己影子已经追到贼跟前，一个月光照亮的脊背。贼低头飞跑，后面的喊声直追上来："贼，站住。站住。"贼最基本的素质是不回头，追到跟前也不回头，左手被逮住脸朝右扭，右手被逮住脸往左转，被按倒在地脸埋土里，决不让人看见脸，识了相。贼背着月亮跑时，自己的影子远远跑在前面，影子先跑掉了。贼觉得影子才是贼，自己是捉贼人。后面捉贼人的影子追上来了。贼根据前面自己影子的长度，判断后面捉贼人的远近。随着月亮升高，影子越跑越慢，渐渐地缩回来。贼跑得没劲了。捉贼人的影子也一点点缩回去，看不见。这时候就不是影子在跑，是贼和捉贼人前后跑，能不能跑掉就看腿的本事了。

三是朝南或朝北跑，往这两个方向跑影子都在人侧面，捉贼的人分成两队，一队跟着贼后面追，一队盯着贼的影子追，两队人平行追赶，追贼的一队边追边喊："贼，站住！"追影子的一队不喊，只是追。也是追到月上中天，影子越缩越短，捉贼的两队人渐渐聚拢在一起，变成一队。贼不害怕人多，人多也是每人两条腿在跑，贼害怕人群中有长腿人，跑到最后，长腿人跑到前面，把贼逮住。

三、藏身

如果没有月亮。或者月亮在远处，星星也高。追贼的人和贼都在黑暗里。贼被追累了，就地一站，站成一个木桩，有兴致再斜伸出一只胳膊，当树杈。或倒地一趴，和地融为一体。或者抱着树干，树皮一样贴在树上。没树就装牲口，跑到一头吃草的驴身边，手臂着地，装成小驴娃子，头藏在大驴肚子下。或弓腰趴在羊群中，头伸到羊肚子下。装牲口要有一两头牲口做掩护，伪装成它们中间的一头。夜晚村里到处是牲口，有的一头独站着，有的三五成群。如果没有牲口，自己伪装成一头羊，就要会学羊叫，学羊跑，学羊放屁。装成一条狗的难度大一些，人要瘦，趴在地上像狗，跑的样子也像狗。以前村里有两个贼，合伙出去偷东西，一高一低，高的在前，低的在后，肩上扛一个抬耙子把两人连在一起，不管偷了啥，都往抬耙子上一扔，两个人抬着回来，从没被捉住过。连在一起的这两个贼，能在黑夜里跑出四条腿的驴脚步，人经常把他们当成驴，眼皮底下过去都认不出。

夜里发现一个贼，半村庄人都会醒来。捉贼的人一多，贼就高兴了。贼被追急了，一转身，混在捉贼的人里，跟着捉贼。有时候，贼跑在前面，大喊捉贼，半村庄人跟着贼跑。贼说，贼往东跑了。捉贼人呼啦啦朝东跑。贼喊，贼往北跑了。人们又呼啦啦朝北跑。贼比一般人跑得快，跑到后半夜，后面跟随的人越来越少，最后剩下贼，孤独地站在月亮下。

贼脱身的另一个办法是上房。房顶上过去一只猫，屋里的人都能听见。贼的脚不踩房顶，顺着墙头走，就势一蹲，蹲成一截黑烟囱。看着捉贼的人在眼皮底下瞎转。

捉贼人也有一计。喊着"不找了，贼跑了，回家睡觉了"，大家都回去了。窗户的灯灭了。村里鼾声四起。贼以为安全了，刚一露头，被一把逮住。

原来有几个人没回去，像贼一样抱着树、趴在地上、在另一个墙头蹲成半截黑烟囱，从空中到地下，都被控制住。

贼也知道捉贼人有埋伏,出来前扔一个土块探虚实。捉贼人听出一个土块落地,不上当。贼再施一计,同时扔出两个土块,这一招厉害,两个土块落地的声音就像一个人从墙头跳下来,捉贼人以为贼跳墙跑,大喊着从四面猛扑过去,贼借机逃脱。

一种计谋用一次,很快被人知道。下次用就不灵。贼在夜里想象会发生的各种危机和应对办法,偷盗时某一种情景发生了,就按事先想好的办法应对。当然,老办法也可以反复用,变着花样用。就像扔土块。贼用两个土块扔出人跳墙的声音,两个土块要同时落地,不能分开,把人跳墙的声音仿得真切,人没法不上当。除此,贼还可以用扔土块模仿人跑步的声音。扔的方法是这样,贼左右手各握几个大小不一的土块,先扔出左手的土块,紧接着扔出右手土块,左手土块落得近,右手土块落得远,大小土块落地又有时差,听着就像一个人往远处跑。捉贼人听见有人跑,就跟着追,追几步前面没声音了,黑黑的什么都没有,捉贼人突然害怕了,以为遇见鬼,转头往家里跑。

贼最怕倔强的人,看见贼藏在一个地方,找不见,不找了,喊亲戚邻居都起来,把这个地方围住,等天亮。贼哪敢熬到天亮,只有想办法逃出包围。硬冲肯定不行。一个办法是挖洞跑掉,但动静太大。另一个办法是点火,贼把旁边的草垛羊圈点着,围的人都过来救火,火很快扑灭了,但人的眼睛被火光一照,不适应黑夜,啥都看不见。等人的眼睛适应过来,贼早从身边溜走了。

贼还有最后一个办法，就是睡着。实在逃不脱，就在藏身的地方睡着。人一睡着，就没事了，梦里是另一个世界。清醒的捉贼人和昏睡的贼被一种东西隔开。有人说，梦和醒之间蒙着一层黑毡。还有人说睡是一辆车，梦是它到达的远方。总之，藏在梦里是安全的。有夜里偷东西的贼，进到人家里，趴在床下等主人睡着，等着等着自己睡着了，一觉睡到大天亮，主人醒来见地上躺着一个人，打着呼噜，也只把他当作半夜走错了家门的人。

贼藏身的地方无非草垛、驴圈、房顶、渠沟。这里的人有一个习惯，不把晚上睡在自己家草垛驴圈的人当贼，不把睡着的人当贼。即使一个贼，找着找着，发现他睡着了，也就算了，不追究了。

贼最喜欢刮风的夜晚，月亮星星藏在云里。贼大模大样行窃，不用踮脚尖走路，不用小心翼翼撬门，所有声音都是风声，风把门刮得哐哐响，把树摇得哗哗响，把路吹得呜呜响，天上的云也撞得轰隆响，天也像房塌了一样嘎巴巴响。

可是，好多夜晚没风，家家的门窗静悄悄，只有贼撬的那个门有响动，贼没办法不让门响，他只有想办法把响动藏在另外的响动里。比如，把撬门声藏在风声里。却没风。贼把撬棍别在门上等。等一个声音。贼会很巧妙地把撬门声隐藏在狗吠驴鸣中。可是狗不吠驴不鸣。夜清静得像孩子的眼睛，一眨不眨。月亮移过树梢的声音都能听见。星星眨眼的声音都能听见。驴嚼草的声音，牛倒磨（反刍）的声音都大得惊人。偶尔窗户里飘出半句梦话,鸟一样飞到空中。这样的宁静,谁都不想打破。

贼耐不住,拾一个土块朝后边人家的院子扔去。这时候若有一个醒着的人,一定能听见土块飞过空中的声音。

"腾",土块落地声像一个人单腿跳进院子。狗猛地咬起来。后面院子狗一咬,前面院子的狗也咬起来。

狗叫声是块状的,土块一样一声一声扔出来。贼在狗叫声里隐藏脚步,狗出声时人落脚,叫下一声时落下一脚,脚步声踩着狗叫跑远。这是针对拴着的狗。要是狗追着贼的脚步咬,贼是藏不住的。贼最喜欢全村的狗都叫起来,那时候狗耳朵里只有嘈杂的狗叫,贼放心大胆偷窃。贼惹狗的另一个目的是让狗叫惹驴叫。狗一叫,驴嗓子也痒。在夜晚,一声驴叫里贼把啥事都干成了。

驴叫就像一驾声音的大破车,轰轰呜呜响过来。又像一棵嘈杂的茂密大树,什么声音都能藏在里面。贼在驴叫声里嘎巴巴撬门,当当地砸锁,屋里人都听不见。

四、夜路

贼怕碰见走夜路的人。贼走的也是夜路,黑黑的啥都看不见。贼最怕胆小的夜行人,走路比贼还小心,耳朵竖得直直,一点风声就吓得停住,蜷缩在一个黑角落里,那是贼的克星,夜里有一个这样的人,贼就倒霉了。

走夜路，要是牵着驴，就不怎么怕了。感觉身边多了两个人。驴有四个蹄子，加上人，远远听就像三个人走路。一个人走路怕人又怕鬼。两个人走夜路，前面的人会把后面的人吓着，后面人的动静也会吓着前面的人。三个人就没事了，鬼都不用怕。驴本身就是鬼。

艾布从来是一个人在夜里走，听到对面有人过来，都悄悄绕开。这么深的夜，人碰到人尴尬得很。

说不清楚。也有躲不过去的，路窄碰见了。

"谁？"对面的人压低嗓子喊。

"你谁？"艾布喊。艾布的声音稍高一些，刚好把对面的声音压住。

话一出口，都听出是谁了。

"噢，吐逊呀，黑乎乎过来一个东西，我还以为是头毛驴子呢。"

"你才毛驴子呢，人的脚步认不出来吗。毛驴子四条腿走路，咋能和人的声音一样呢。"

"你走路脚打摆子，两条腿摆成四条，听上去跟毛驴子一样。"

艾布和吐逊在夜里遇见，一个朝东，一个向西，丢下几句话走了。谁也不问谁去哪。这么深的夜里，一个人出来走，不会有啥正经事情。晚上老实人都老老实实躺着。睡不着、有想法、想了又敢去做的人穿衣服出来。夜晚是安静的。也有半夜溜出来偷吃夜草的驴和羊。俗话说，驴不吃夜草不肥。驴夜草吃肥了没麻达，拉车有劲。羊吃肥就麻达了,该挨刀子了。偷吃夜草的驴,听见人的脚步,停住咀嚼,黑黑地站在草垛旁,等人的脚步远了,接着嚼嘴里的草。羊听见脚步声也会警觉地抬起头,但嘴里的草还在继续嚼,嚼草的声音传到人耳朵里。嚼草声让夜晚变得更加安静。人悄悄走到羊身边,一把抓住,摸摸羊背上的膘,羊知道人要偷自己,往前蹿,想跑掉。怎么可能呢。人抓住脊背上的毛,把羊提起来,撂倒,然后抓住前后蹄子,把羊架到自己脖子上,走了。羊在上面挣扎几下,就安静了,嘴里没嚼完的草继续嚼。驴听到刚才过去的脚步又回来了,变沉重了许多,驴竖着耳朵听,眼斜着望,人也眼斜着朝草垛旁的驴望,眼珠子泛着光。等脚步声远了,驴接着吃草。

五、晚上的朋友

住在一个村里,一些人和一些人,就是没在晚上相遇过。他们是白天认识的,不知道各自晚上的样子。而一些人和另一些人,是晚上的朋友。白天他们没见过面。

艾布早年有过一个晚上的朋友,他们晚上认识,晚上往来,白天遇见了也不认识。

那晚艾布去阿依村偷东西,两个村子隔着一片麻扎(墓地),路从麻扎中间穿过去,守墓人乌普的房子在路左边的土台上,那时乌普还活着,艾布半夜经过,听见乌普的咳嗽声,可能乌普听到了一个人的脚步后面跟着一只羊的脚步。乌普的咳嗽像是一种训斥,让艾布感到害怕。麻扎在一片高土台上,艾布不知道这里以前就是高土台,还是埋的人多了,把地揲高了,星月下的麻扎,就像一个无边无际的村子,一走上土坡,空气的味道就不一样。有一种旧粮仓的味道。

艾布自从听见守墓人乌普的咳嗽,牵羊从阿依村回来时,就不走这条路了,绕过麻扎还有一条路,远一些,但是隐蔽。高土台上光秃秃的,人和麻扎都暴露无遗。尤其牵一只偷来的羊,走过麻扎,有一种被死人看见的感觉,比被活人看见更难堪。艾布想,迟早我也要埋进来,我不能让他们认为来了一个小偷。死后的日子长着呢。

艾布钻进一个羊圈,看见里面一个人在牵羊,艾布转身就跑,跑出来躲在一棵树后面。这时院子里灯亮了,紧接着一个人跑出院子,跟飞一样,几下就窜得没影了。艾布听见院子里人喊:"贼娃子,牲口。"

艾布赶紧跟着那个人跑。那人跑得快极了,几乎没有脚步声。艾布也没有脚步声,他紧盯着那人的黑影。那人只顾跑,不回头。艾布听见身后有人追了两步,喊骂了几声,扔来一个土块,不追了。

跑到村外荒地上,那人站住了,背对艾布。艾布也急刹住步,两个人黑黑地站着。月亮在云里,星星也暗寡寡的。

"哎,贼娃子,你追我干啥呢。"那人说。

"你贼娃子,跑啥呢。"艾布说。

那人不回话,只是站着,艾布听出他在喘气。

"你咋知道我是贼娃子。"艾布说。

"你跑步的声音就是贼娃子的。只有我们贼娃子才这么跑。"那人说。

两个贼娃子在荒地上相识了。

"我叫艾布,阿不旦村的。"

"我是阿依村的吐鲁浑。"

一九九九：一张驴皮

气味

火车驶离乌鲁木齐时天色已暗，我坐在一车厢说着维吾尔语、蒙古语和河南话、甘肃话、四川话的嘈杂乘客中间，不同语言散发的气味混合一起，闭住眼睛我能闻出哪个气味是哪种语言发出的。后排那群四川人大声说着去年在南疆摘棉花遇到的各种事情时，空气中满是他们嘴里的大肉炒辣子味儿。他们或许就在火车站旁的川味餐馆里吃的晚饭。上车前我在那家川菜馆挨着的清真饭馆吃拌面时，辣子炒肉的味道和嘈杂的四川话从隔壁传过来。坐我对面的三个维吾尔族男人一定闻出我身上和他们一样的羊肉拌面味道，我眯着眼睛，用一丝眼缝看车厢里的人。

前排的四个蒙古族男人，把拎来的两瓶子白酒和一包花生米堆放在餐桌。我在这列火车上碰到过喝酒的蒙古族人，他们喝高度白酒，低沉地说着蒙古语。若是在草原上，他们悠扬辽阔的歌声早已经响起来了。火车上的环境让他们有点压抑。他们一直喝到半夜，把一车厢的其他语言都喝睡着，火车到达库尔勒，他们摇晃着下车。

对面的三个维吾尔族男子要了六瓶啤酒，用牙咬开，倒在纸杯里，一人一杯转着喝。其中一个把啤酒杯朝我举了举，对我说了句维吾尔语，我对他笑笑，摇摇头，没吭声。他把我当自己的同族了。我跟他一样留着小胡子，前额的头发压住眉毛，因为清瘦而眼窝深陷。这是二十年前的我，眼神忧郁，看上去既像维吾尔族，又像哈萨克族和蒙古族。

斜对面坐着两个甘肃人，也是去南疆摘棉花的，棉花在他们说的甘肃话里，厚厚绵绵的，像是落了一层土，这是我老家的语言。他们中的一个斜眼看着我，他肯定一眼认出我是吃洋芋长大的甘肃人。我出生的前一年，父亲携家带口从甘肃金塔逃饥荒到新疆，在北疆沙漠边一个小村庄落脚，我在那里出生长大。我的长相中有我父亲的甘肃人相貌，又有我在西北风中长成的新疆人模样。可是，刚才对面的男人跟我说维吾尔语时，我微笑摇头的样子，可能让那个甘肃人认为自己看错了。

我不说话，他们就不知道我是谁。

做梦

　　火车过天山时我睡着了，我从北疆一路昏睡到南疆。醒来火车已过库车站，对面三个男人不见了，换成两个戴头巾的年轻妇女。我赶紧摸衣服口袋，看行李架上的包。这个下意识的动作让我自己不好意思起来。邻座的人都换了，没一个眼熟的，那两个甘肃人也不见了，好像这一觉把我睡到了另一个世界。

　　"你做梦了。"戴黑头巾的女子用半生不熟的汉语说。

　　我突然想起在梦里见过这个黑头巾女子，在我没有完全闭住的半只眼睛里，一个黑头巾女子坐在对面，用她黑黑的大眼睛看我。之前我一直眯着眼睛，半醒半睡地听三个男人用维吾尔语说话，其实只有两个人在说，正对我的那个好像不爱说话，但他一直盯着我看。这个跟我一样上嘴唇蓄着胡子的男人，可能在我沉睡后说出的梦话中，惊讶地听出来我是一个汉人。

　　"你说了大半夜梦话，吵得我们都没睡觉。"女子说。

　　"你还驴一样大叫。把睡着的人都叫醒了。"

　　车窗外一轮大月亮挂在半空，火车在穿越南疆大地。夜色里一晃而过的低矮村庄，灰色的，零星地亮着几扇窗户，像谁遗忘在深夜的家。早年我常梦见自己被人追赶，在灰暗的村巷里惊慌逃跑，整个村子没有一扇亮着的窗户，所有院门紧锁，我恐惧地跑出村子，荒野上没有月亮和星星，追我的人越来越近，仓皇中我发现自己突然长出蹄子，变成一头驴放趟子跑起来。又好像我脱身站在后面，看见一头驴替我逃跑，追我的人在拼命追驴，眼看要追上了，我一着急发出一长串驴鸣。

"昂叽昂叽昂叽。"

母亲一听见我在梦里发出驴叫就赶紧喊醒我。

我们家没养过驴。但邻居家有。村里家家养驴。我从小喜欢学驴叫。我能跟驴说话。我躲在草垛土墙后面学公驴叫，能把母驴唤过来。我学母驴叫能引来一群公驴。我母亲怕我跟驴走得太近才不养驴。她最担心我长大后变成一个驴里驴气的人。

我不好意思地向黑头巾女子笑笑，她的微笑从头巾后面浮出来，我看不清她的面容，那一定是一张美丽的隔在梦中的脸。

捎话

火车站广场上乱糟糟的，出租车和抢客的黑车混在一起。稍远的马路边停着一长溜毛驴车。那时毛驴在喀什城郊还有各种各样的活路，通往乡下和偏僻街巷的路还是驴和驴车的。我本来想找一辆汉族司机的车，转一圈没找到。前年我到喀什还打到一辆汉族司机开的出租车，他用一口流利的维吾尔语问我去哪。

拉我的维吾尔族司机也把我当成了本族人,他用维吾尔语问我去哪。

"艾提尕尔清真寺。"我用汉语回答。他扭头看了我一眼。

三天前,喀什文管所的老孙捎话来,说艾提尕尔清真寺边的买买提捎话给他,让他给我说,有好东西了,赶紧来。买买提是老孙介绍我认识的。他在清真寺旁开了家古董店,专收农民送来的老东西,又转手卖出。老孙是我在喀什购买文物的向导,他跟喀什的文物摊贩都有联系,他带我去一个店,就鼓动我买他认为有价值的东西。

"这些东西错过就再没有了。"老孙说。

那时喀什老城的老东西多得没人要,在巴扎上,随处能看见摆卖的老古董。一次我在卖瓜果蔬菜的巴扎上,见一疙瘩锈在一起的铜钱跟土豆摆在一起,问了土豆的价钱,又问铜钱多少钱卖。农民说,挖土豆时一起刨出来的,要的话,跟土豆一个价。

长路

那些年我经常来喀什,早先坐班车,挤在一车厢说维吾尔语的人中间,遇到刮风昏天暗地,仿佛永远没有白天,我和他们一起睡着醒来。我醒来时眯着眼睛听他们大声说笑,我听不懂那些笑话的内容,但知道一定很可笑,也跟着一起笑。

有时一车人都在沉默，窗外漫长单调的沙漠在沉默，天山荒秃秃地立在右边，天上灰蒙蒙落着土，这样的时间仿佛再生长不出一句笑话，车厢里也是呛人的浮土，土往人睫毛上落，把眼睛压得闭住。

突然，后排有人扯开嗓子唱起来，声音沙哑高亢，瞬间胀满车厢，又在车窗外面的荒野中回响。我听不懂歌词，但能听懂声音，那是忧伤的沙漠里的歌，歌者的嗓音里弥漫着尘世的沙子。

睡着的人眨眨眼睛，在醒与睡间徘徊的当儿，歌声戛然停住。他只唱出孤单的两句，像是忘了词儿，我等他想起来再唱下去，等了不知多久，也许客车已经行驶了几十公里，扭头见那唱歌的老者已然昏昏睡去。

半车厢人睡着了，路还远呢，村庄过去是漫漫沙漠。客车不时地停在一处沙丘旁或红柳丛边，男女左右分开，在荒野中方便。那时从乌鲁木齐到喀什，客车要走两天一夜，两个司机轮流开。乘客也轮流睡觉，总有人和其他人睡不到一起，别人睡着时他眼睁睁望着窗外，大家都醒来时他睡了。也有人白天把觉睡光了，晚上睁大眼睛，看别人睡觉。

我强忍瞌睡，等到满车厢的鼾声响起，维吾尔语的梦话前一句后一句地说起来，语言携带的气味浓郁起来，这时候，我迷迷糊糊睡着。

我一睡着就暴露了自己。一车人中就我一个用汉语说梦话。我平时说话轻言慢语，但梦中说话声音大。我知道当我突然说出汉语的梦话时，醒着的人会扭头看我。

喀什

我喜欢乘车离开乌鲁木齐往喀什走的感觉,仿佛走向一个深不见底的过去。

那时的喀什在我的感觉里,确实是一个大半截身子没有走到现在的城市,它满街的汽车轱辘和人腿加起来,也没有毛驴的腿多。喀什被毛驴驮着运转,街上都是驴和驴车。我一直认为毛驴是往回走的动物,它们对去一个新地方没有兴趣,这个赶驴人都知道。他们经常遇到的事情就是,赶驴车去沙漠戈壁打柴,人在车上打个盹,驴就调转头往回走了。我感觉当地人对未来的态度也差不多,尤其男人们,喜欢背着手走路,你看他们脸朝前走,两只手却背在身后,操劳着过去的事情。

我的两只手也在倒腾过去的事情。我喜欢文物,他们叫老东西。一次我到喀什英吉沙一个文物贩子家,我说,家里有老东西吗。那男人看我一眼,转身带我到屋后的葡萄架下,指着坐在阴凉处打盹的白胡子老头说,这是我们家的老东西。

那男人跟我开过玩笑,手伸到一堆干草下面,掏出几个坛坛罐罐来。

喀什确是一个属于过去的地方,它的街道、巴扎、做手工的匠人和拉车的毛驴,都在离我很远的时间里。但我知道回到过去的路,在世间所有道路中,我最熟悉的一条就是回去的路。人们一路留下的老东西上有时间的印记。

我一直盯着喀什的那个时间在看,它像沉在水底的一枚银币,我等待它浮上来。我看跟它有关的所有文字,看出土的那个时期的文物,我不知道想看见什么。那是喀什以及西域历史上最让人揪心的年代,人们在改变信仰,并为此流血牺牲。那场持续几十年的战争,最终置换了一个地方人的心灵。

驴皮

老孙已经等在文物店里,店主买买提从塞满了旧铜器的柜台下抽出一卷压扁的皮子,皮子毛面朝里卷起来又从两头对折过来,像一个包裹,一看就有年头儿了。

买买提打开对折过来的皮子,嘴里不停地说着维吾尔语。老孙翻译说,买买提说他刚收来的时候,皮子又干又脆,不敢动,喷了水,阴了几天才柔软了。

接着皮子慢慢摊开,皮面是光的,剔了毛,但边角处还留有一些黑毛。

"是张驴皮。"我说。

我原以为皮子里裹着什么贵重东西。直到一张完整的驴皮摊开在柜台上,没看见任何东西。

"这里。"买买提指着已经发黑的皮面让我看。我凑过去,果然看见皮子上模糊的文字。

"是回鹘文字。"老孙说。

我忍住怦怦的心跳,却装出漫不经心的样子,在皮面上扫了几眼,密密麻麻的回鹘文写满一张驴皮。

老孙和买买提都知道我喜欢喀拉汗时期的老东西,尤其对回鹘文书之类的东西见了就买。

我努力把心放平静,抬头问老孙:"啥内容?"

"应该是佛经。"老孙说。老孙和我一样,只能认出回鹘文字的形,并不懂啥意思。

"不会是《古兰经》?"我说。

"绝对不会。"老孙说,"《古兰经》不会写在驴皮上。"

去年我看上一本羊皮书《古兰经》,也是回鹘文的,买买提伸出一个巴掌,要卖五千块,一毛钱不降。事后老孙告诉我,买买提从心里不愿意把《古兰经》卖给一个不信教的人。

那他肯定也不愿把写在驴皮上的佛经留在手里。我心里想。

"怎么样?"老孙问我。

"谈谈价再说吧。"我心不在焉地看旁边柜台上的东西,脑子里浮现的却是写满整张驴皮的回鹘文佛经。

买买提只会说一些简单的汉语,老孙的维吾尔语说得很溜。我故意离开点,听他们俩用维吾尔语讨价,我假装听不懂,其实我确实听不大懂,只听他们说一些钱数字。

买买提说三千。

老孙说太贵。

买买提说三千卖了你五百的排档子(好处)有。

我摸摸口袋,只有一千块钱。

我正盘算着,老孙叫我,说买买提要五千块,我降到了三千块,你看怎么样。这个东西确实罕见。

我说现在出土的回鹘语佛经多,不稀罕。我让老孙给买买提翻译,说写在驴皮上的佛经不好,死驴皮是最不干净的东西,留在店里也不好。

没等老孙翻译,买买提说:"你给个价,多少钱买。"买买提听懂我说的汉话了。

我把口袋里的一千块钱全掏出来摊在手里。

"我就带了一千块钱。"我把四个口袋全底朝上翻出来让他看。

"我得留下三百块,住宿和买回去的火车票。剩下的七百块钱全给你,卖我就拿走,不卖就算了。"

买买提把摊开的驴皮又卷起来。"一个毛驴子还七百块呢。"买买提嘟囔着。

老孙忙用维吾尔语跟买买提讨价。老孙说,你看,刘老师是我的老朋友,也是你的老买家,这些年买过你不少东西了,这个死驴皮嘛就便宜给他吧,下次他钱带多的时候,再贵一点卖给他东西。

买买提说,看在你的面子,我最低一千块钱给。你的排档子嘛就没有了。

老孙说,这个样子吧,我让他再加一百块,八百块钱成交行了。排档子的事以后再说。

买买提无奈地点了点头,用半生不熟的汉语给我说,看在老孙的面子，八百块，一毛都不少。

老孙也说，你看这样吧，这个东西我也是第一次见，错过让别人买走就可惜了。你给他八百块吧，今晚你就住我们单位宿舍，住宿钱给你省下。你看咋样。

我赶紧说谢谢谢谢，从手里的钱中抽出二百块，其余的全递给买买提。

巷子

老孙说单位有事先走了，我没让他陪我，我要去的地方他不知道。其实我也不知道要去哪。我背一卷干驴皮，往艾提尕尔广场后面的巷子里走，走一截抬头看看清真寺上的弯月，有一段看不见了，我就往更远的巷子走，直到又仰头看见那枚弯月。这时我脑子里浮现的却是一千年前的一座佛寺，我没想过要来找到它，就像从来不想认识我收集的文书上那些回鹘文、于阗文和龟兹文字。我只是长久地琢磨和喜欢着它们不被我认识的样子。

巷子里满是往来的驴和驴车，我背一卷干枯驴皮走在其中，感觉驴都在斜眼看我。我能想到驴看见一个背着驴皮的人是什么感觉。

不时有驴鸣响起。我仔细辨认驴的叫声和音节，跟我小时候在北疆村庄听见的驴叫一模一样。驴不会跟着人的口音而改变叫声，狗却会。在我们北疆村庄，河南庄子的狗会叫出拖长音的河南腔叫声来。甘肃人村庄的狗叫声则仓促厚实，能听出甘肃话味道。我住的村子河南人和甘肃人对半，听叫声我能知道哪条狗是甘肃人家的，哪条是河南人家的。一次在乌鲁木齐跟朋友喝酒，他们都在说段子逗笑，我把这个早年的发现说给大家，还学了河南腔和甘肃腔的狗叫，他们都以为我在讲笑话。

我对声音特别敏感，早年我学鸟叫，能把树上的鸟儿叫到地上来。我学乌鸦的叫声尤其像，村里常有乌鸦集结，有老人的人家都害怕乌鸦在自己家的树上叫，说不吉利。我却喜欢乌鸦，我学它"哑哑"的叫喊时，感觉自己是一个心在天上的高傲诗人。

我学得最像的是驴叫，如果我在这个墙角学公驴叫，一定能把那头拉车的年轻母驴叫过来。但我忍住没叫。

回来时我坐了辆带凉棚的毛驴车，赶车的老人对我笑笑，我递了两块钱。那头驴走几步，扭头看我，也许在看我抱在怀里的干驴皮。

翻译

晚上在老孙单位宿舍，我小心摊开驴皮，用放大镜逐字逐句地看，我熟悉那些回鹘语文字，这些年我收集了不少回鹘语古文书，但我从未试图去解读。我喜欢长久地看那些我不认识的古老文字，对其保持着难言的陌生与好奇。

老孙给我找的回鹘语学者来了,他叫库尔班,大胡子,看样子有六十多岁,汉语说得很好。老孙说库尔班老师能读懂这里出土的所有古老文字。

库尔班拿着我的放大镜看了好久,说,这是由于阗语转译的回鹘语《心经》。他指着驴皮脖子左下角的最后一行字说:"这里注明是于阗王新寺马住持捎给疏勒桃花寺买生住持的佛经。"

我的血再一次涌到头顶。我在多年的收集阅读中早已熟知这两个寺院的名字。当库尔班说出于阗王新寺和喀什桃花寺时,我就像在很远处听到有人说起我家乡的名字。

送走他们后我又匍匐在驴皮上,拿放大镜仔细辨认,我拿熟记于心的汉语《心经》,一句句地对着回鹘语读,当对照到"究竟涅槃,三世诸佛"时,我猜想回鹘语中"佛"是哪个字,又担心我认识了它。我着迷的是字不被认出时的样子。

我的注意力落在边缘的皮毛上。

这张驴皮剥得很完整,从蹄子到脖子、头,整个驴的形完美无缺,尤其令我好奇的是,它萎缩的尾巴根部,完好地保留了毛驴后阴部分,让我一眼看出这是一张小母驴的皮子。

皮子从驴脖子靠耳根处整齐割开,驴头部的毛没有剃去,能清晰地看出一张完整的驴脸。

应该是一张于阗小黑母驴的脸。

我观察过于阗驴和喀什驴的差别,于阗驴毛色黑,喀什驴偏灰，但驴叫声没有差别。

　　我猜想这些文字应该是驴活着时刺在驴皮上的，这头小母驴身负一部《心经》，从于阗王新寺，走到喀什桃花寺，这期间喀拉汗和于阗的拉锯战打得正酣。这头小母驴一路经历了什么？我怎样才能知道它所历经的所有故事？

倔强

　　从喀什回到乌鲁木齐的很长一段时间，我的精力集中在这张驴皮上，我把之前收集的于阗、喀拉汗时期的文书和器物摆在铺开的驴皮周围，每日把玩琢磨，我想象这头留下一张皮子的小黑母驴，一定看见或者驮载过这些东西。那时毛驴是主要的驮运工具，人驴形影不离，人拿过的，驴都驮过。

　　我想着这头小黑母驴时，时常嗓子痒痒的想放声鸣叫。我脖子伸直，脸朝上，喉管一鼓一鼓，却从没有发出过一丝声音。

　　有一天，我突然决定开车去和田，再到喀什，沿着这头驴走过的地方走一遍。那也是一千年前于阗国和喀拉汗间拉锯交战的战场，至今留有大量麻扎和佛寺遗址。我在手绘地图上标出那时候从于阗到喀什的佛寺和麻扎的名字和具体位置，它们连接起一条一千年前的路。

　　可是，这一行程在半路上的库车终止了。

我被库车老城满街满巷的驴和驴车留住。那时的库车县四十万人，有四万头驴，四万辆驴车。每个周末龟兹河滩的万驴大巴扎让我流连忘返。仿佛全世界的驴和驴车在那里聚集。我在巴扎上听驴叫，有时偷偷地跟驴一起叫。

巴扎上全是驴和人的嘈杂，我在驴堆里闲逛，摸摸这个的脖子，拍拍那头的屁股，看没人注意，蹲下身，喊出一声驴鸣。旁边的驴立刻跟着叫起来。我小时候跟驴学的叫功，随着年壮喉粗显得愈加苍劲逼真。当我和驴一起大叫时，没有人听出满河滩的驴叫中有一声是人的，我也不觉得我是一个人在叫，只感到我和驴是一伙的，我昂起头，伸直脖子，扯开嗓门，我听见我在驴世界里的声音，比我在人间的更大更响亮。

我在库车的数年间，目睹驴车被电动三轮车替代，"昂叽昂叽"的驴叫变成"突突突"的机器声，我经历了毛驴从极盛到几乎灭绝的全过程。那是驴的末世，是驴和人在这个世界的最后交集。

我憋了一股子倔强的驴脾气，写成《凿空》这部书。

现在，人们只有在我的书中才能找到那么多的驴，听到那么昂扬的连天接地的驴叫了。

我在库车过足了一个人的驴瘾。

我以为我把驴的事情交代完了，以后我再不会写到驴，这个世界跟驴没关系了，所有路上不会有驴蹄印，田野里不会有驴叫，连天堂里也不会有往来的驴车。

可是，我的梦里还有一头驴活着。

一个夜晚我又梦见自己被追赶,我在恐惧中拼命逃跑,眼看被追上,我看见自己四蹄着地,放趟子奔跑起来,脚下是熟悉的荒野沙漠。

这一次,我清楚地看到梦中替我奔跑的那头驴的脸,白眼圈,黑眼睛,眯一个缝看我。在我早年的无数个梦中,我都只看见它奔跑的蹄子,仿佛我趴在它背上,又仿佛脱身在别处,我把恐惧和被追赶的命运扔给了它,却从来没有看见它的模样。

醒来我突然想起那张驴皮上的脸,我取下放在书架顶上好久没动的那张驴皮,小心展开,我惊讶地看见一张和梦中那头驴一模一样的脸。一张小黑母驴的脸。

我突然又有了写驴的冲动,我写过库车的万驴巴扎,写过河滩大巴扎上的万驴齐鸣。

这一次,我要写一头小黑母驴,我给它取名叫谢,我听见它的叫声了。我也听懂它在叫什么。

我写的这部书叫《捎话》。

后父的老

我很小的时候,奶奶就已经老了,我们一家养着奶奶的老,给她送终。奶奶去世后,轮到母亲老了,但她不敢老,她要拉扯一堆未成年的孩子。现在我五十多岁,先父、后父都已经不在,剩下母亲,她老成奶奶的样子了,我们养她的老,也在随着母亲一起老。因为有她在,我不敢也没有资格说自己老。老是长辈享有的,我年纪再大,也是儿子。真正到了前面光秃秃的没了父母,我成了后一辈人的挡风墙,那时候,就可以心安理得地老了。

但老终究是不容易的一件事情。

记得有一年,我陪母亲回甘肃酒泉老家,在村里看望一个叔叔,院门锁着,家里人下地干活儿去了。等到大中午,看见两个老人扛农具走来,远看着一样老,都白了头,一脸皱纹。走近了,经介绍才知道,是叔叔和他的父亲,一个六十多岁，一个八十多岁，活成一对老兄弟，还在一起干农活儿。

我父亲没有和我一起活老。

我八岁时父亲去世，感觉自己突然成了大人。十三岁时，母亲再嫁，我们有了后父，觉得自己又成了孩子。后父的父母走得早，他的前面光秃秃的，就他一个人，后面也光秃秃的，无儿无女。我们成了他的养儿女，他成了我们的养父。

我十八岁时，有一天，后父把我和大哥叫在一起，郑重地给我们交代一件事。后父说，我已经五十岁的人了，你们两个儿子，该操心给我备一个老房（棺材）了。这个事都是当儿子要做的。说后面的张家，儿子早几年就给父亲备好了老房。

备老房的事，在村里很常见，到一户人家院子，会常看见一口棺材摆在草棚下，没上漆，木头的色，知道是给家里老人备的，或是家里老人让儿子给自己备的。棺材有时装粮食、饲料，或盛放种子，顶板一盖，老鼠进不去。

我们小时候玩捉迷藏，也会藏进老房里，头顶的板一盖，就仿佛到了另一个世界，外面的声音瞬间远了，待到听不见一丝声响时，恐惧便来了，赶紧顶开盖板爬出来。

家里的老人也会躺进去，试试宽窄长短，也会睡一觉醒来。

其实这些老人都不老，五六十岁，六七十岁的样子，因为送走了前面的老人，自己跟着老上了。

老有老样子，留胡须，背手，吃饭坐上席，大声说话。

一般来说，男人五六十岁便可装老了，那时候儿女也二三十岁，能在家里挑大梁，干重活儿。装老的目的，一是在家里在村里塑造尊严，让人敬；二是躲清闲，有些重活儿累活儿，动动嘴使唤儿女干就可以了。

也是我十八岁那年，后父开始装老，突然腰也疼了，腿也困了，有时候抽烟呛着，故意多咳嗽两声。去年秋天还能背动的一麻袋麦子，今年突然就不背了，让我和大哥背。其实我们两个的劲加起来，也没他大。

我后父打定主意，要盘腿坐在炕上，享一个老人的福了。

可就在这个节骨眼上，我大哥外出开拖拉机，我外出上学，留在家里的三弟四弟都没成人，指望不上，后父只好忘掉自己已经五十岁的年龄，重活儿累活儿都又亲手干了。

后父吩咐我们备的老房，也因为种种原因，一直没有做。这期间我们搬了三次家，第一次，从沙漠边的太平渠村搬到天山半坡上的元兴宫村，过了些年又搬到县城边的城郊村，后来又搬进县城住了楼房。想想也幸亏没给后父备老房，若备了，会一次次地带着它搬家，但终究没有一个安放它的地方。

后父活到八十四岁，走了。

距他给我和大哥交代备老房那年，已经过去三十四年。

后父去世时我在乌鲁木齐，晚上十二点，家人打来电话，说后父走了。我们赶紧驱车往回赶，那晚漫天大雪，路上少有车轮，天地之间，雪花飘满。

回到沙湾已是半夜，后父的遗体被安置在殡仪馆，他老人家躺在新买来的棺材里，面容祥和，嘴角略带微笑，像是笑着离开的。

听母亲说，半下午的时候，后父把自己的衣物全收拾起来，打了包，说要走了。

母亲问，你走哪去，活糊涂了。

后父说要回家，马车都来了，接他的人在路上喊呢。

后父在生产队时赶过马车。在临终前的时光里，他看见来接他的马车，要把他接回到村里。

可是，我们没有让一辆马车把他接回村里。我们把他葬在了县城边的公墓。

但我知道，他的魂，一定被那辆马车接走，回到了故乡。我们在县城的殡仪馆为他操持的这一场葬礼，已经跟他没有关系。公墓里那个写有他名字和生卒日期的墓碑跟他没有关系。在离县城七十公里的老沙湾太平渠村，他家荒寂多年的祖坟上，他几十年前送走的老母亲的坟墓旁，一定有了一串轻微的脚步声，一个儿子回到了那里。

梦是我们睡眠中的生活。二伯说。人的睡眠太长了，一生中一半时间在睡觉，要是我们睡着的时候连梦都不做，人半辈子就白活了。

第三部分 | 张欢阿健的童年

张欢阿健的童年

利群照相馆的老鼠

张欢说，二舅，我告诉你，利群照相馆里全是老鼠，我爸爸给他们装电脑，电线上可能有油，几次被老鼠咬断了。我爸去修电线的时候，发现机器后面的墙根有好几个老鼠洞。照相馆里没吃的，老鼠就啃电线皮吃，就像啃树皮吃一样。

张欢说，我把这个事给三舅说了，三舅说，老鼠啃电线是在磨牙。老鼠的牙长得快，几天不啃东西就长长了，长得嘴里盛不下，牙把嘴顶开，合不上，也吃不成东西，老鼠就饿死了。三舅说他小时候见过这样的老鼠，嘴张得大大的死掉了。

二舅说，我小时候也知道老鼠磨牙的事，老鼠在夜里啃桌子腿，啃得咯吱吱响。大人说，老鼠又磨牙了。我倒觉得，老鼠咬桌子腿是在发出声音，就像我们敲鼓弹琴发出声音一样，老鼠也在娱乐呢。

老鼠娱乐的方式很多，以前，老鼠拿人娱乐。老鼠想吃面，就把面粉袋咬个洞钻进去，在里面撒尿，人不能吃了，就全留给老鼠。

晚上人睡着时，老鼠在人的帽子里做窝，生小老鼠，天亮前领走。

老鼠还咬人的耳朵和脚指头吃。二舅小时候就听说老鼠咬掉人耳朵的事，人一觉睡醒半个耳朵不在了，脚指头少了一个。不过，咬的都是小孩。大人的耳朵指头长硬了，老鼠咬不动。

现在老鼠的玩法更多了。就说利群照相馆的老鼠吧，白天照相馆有人的时候，老鼠在洞里开会学习。晚上人关灯下班，老鼠从洞里出来。利群照相馆的老鼠会打开电脑，会爬到三脚架上按照相机快门。

以前，相机用胶卷的时候，白天摄像师给顾客拍照，晚上洗出照片上全是老鼠。后来用数码相机，摄影师看见视频上的人像，按下快门，等一天工作干完，数码机联在电脑上，发现图片中也全是老鼠。有些是人身子、老鼠头。有些是老鼠身子、人头。从那时候起，利群照相馆再没拍出一张人像。照相馆生意却没受影响，而且越来越好。

二舅对张欢说，一个事情一旦开了头，想停住都不行。张欢给二舅讲了利群照相馆老鼠啃电线的事，二舅就顺着想下去，一直想得让它回不来。二舅想不下去的地方，张欢再接着想。想到没有尽头。

二舅说，这个世界是人想出来的。我们有时活在自己想的事情里，有时活在别人想的事情里。

半夜买鞋的人

张欢说，二舅，你知道方圆哥最近在想啥。他说，就希望他爸他妈加油挣钱，他长大就啥都不用干了，买一台笔记本电脑，天天玩游戏。

方圆爸去年把地卖了，在县城开了一个鞋店，专卖旅游鞋。方圆妈刚开店的时候，每天天刚亮就开门营业，晚上十二点才关门，结果头一个月，上午十二点前只卖过一双鞋，是一个晚上喝醉的人，躺在街边林带睡了一夜，大清早醒来鞋不见了，可能给狗叼走了，也可能醉倒前就把鞋走丢了，还有可能睡着后被人脱走了。总之，不能光着脚回家吧。大清早到哪买鞋啊。这个人把裤子降低，裤管盖住光脚，溜着街边走，结果看见方圆妈的鞋店开门了。方圆妈见光脚进来买鞋的人，本来打折的鞋，也不打了，叫了一口价。那个人也不还价，说了个号码，套一双鞋就走了。

晚上十点以后买鞋的多是学生，方圆妈的鞋店在县一中斜对面。学生上了晚自习出来，一来一群，鞋店像教室一样，挤满学生。方圆妈种地时养的习惯，天一黑就瞌睡，不瞌睡也迷糊，那些学生，穿着和店里一样的旅游鞋来，擦得干干净净，有几个学生，就在试鞋的工夫，趁方圆妈不注意，旧鞋装进鞋盒，穿着新鞋走了。

方圆妈第二天快中午了，才发现两个鞋盒里装着旧旅游鞋，新鞋少了两双。

后来方圆妈晚上不开门了，九点就关门回家。

鞋店上头的饭店老板对方圆妈说，凌晨三四点，经常有人敲鞋店的门，他出来看，敲门人说要买鞋。

那么晚了还有人买鞋，梦里穿啊。方圆妈说。

饭店老板说，那是打牌人回家的时候，那些赢了钱的人，烧得很，就想给孩子买一双高级旅游鞋，给老婆买名贵金项链，根本不讲价钱，要多少都给，这时候钱花了就花了，花不掉就再舍不得了。因为刚赢来的钱，感觉是别人的，花起来不心疼。等到第二天，钱在口袋里捂一晚上，就变成自己的了，花一分都舍不得。

可是，赌徒们散场的时候，全县城的店铺都关着门，那些金银首饰店、名牌衣服店、高级化妆品店，都关着门，一县城人忙了一天都累了，挣上钱的人累了，没挣上钱的人也熬累了。所有好店铺的门都被人敲一遍。

那些输了钱的人呢，也最想买一双新鞋立马穿上，旧鞋从门口扔出去。明天再不走输钱的老路，要穿着新鞋去扳本，去赢钱。

方圆也建议他妈半夜起来开门卖鞋。方圆有一晚睡在张欢家电脑店，半夜听到星光市场上满是人的走路声。不知道哪来那么多人，比白天还多，不说话，只有脚步声。那些人从星光市场中间拥拥挤挤地走过去，朝左一拐，到县城主大街上，大街右手就是方圆家鞋店。方圆听到好多脚步声在鞋店门口停住。这时候店门锁着，方圆妈住在城郊东村的家里。方圆着急了，就跑出去，看见满街站着人，所有人的鞋都烂了，好像走了一夜的路。方圆想跑回家喊他妈赶快来开门卖鞋，却怎么也走不动。街上的人把他挡住了。

方圆妈说，我的儿子白天为鞋店操心，晚上做梦也操心。我要一天卖不出一双鞋，方圆比我还着急。

梦里的饭馆

阿健妈开饭馆的时候，有一次，阿健半夜爬起来，推醒他妈，说，妈你赶快去饭馆，我看见街上全是人，不知道从哪来的，全空着肚子，在街上转。所有饭馆关着门。妈你去把饭馆门开了，饭店肯定坐不下，在街上也摆上桌子，从街这头摆到那头。晚上工商局的人睡着了，税务局的人睡着了，城管局的人睡着了，没人管。一晚上就把钱挣够了。

阿健妈说，你做梦了，在说梦话。赶快睡觉吧，明天还上学呢。

阿健说，我就是做梦了。晚上做梦的人比白天上班的人多，比上学的人多。那么多人在做梦，梦里一家饭馆都没有，你要把饭馆开在梦里，就挣大钱了。

阿健妈说，儿子啊，你让我在梦里都闲不住吗。我白天晚上的开店,累死了。就想晚上睡个好觉,你还让我在梦里也开店。

阿健说,我二伯的书中说,在梦里干活儿不磨损农具,梦里走路也不费鞋,也不费劲。梦里开饭馆肯定也不累,梦里的饭也没有本钱。

阿健妈说,每个人都有一个梦,梦是单个的。我要在每个人梦里开一个饭馆,那要开多少饭馆啊。

阿健说,你就不会做一个梦,梦见所有的人吗。

阿健妈说,自从我开了饭馆,我梦见的人都是吃饱肚子的人,他们用餐巾纸擦着嘴,打着饱嗝。

阿健妈说,我要那么会做梦,我就会直接梦见钱了。可是,怎样才能把梦里的钱拿出来呢。

阿健说,梦里的钱就是梦里用的,拿出来梦里就没钱了。成了穷光蛋。

阿健妈说,在梦里当穷光蛋也没关系,梦一会儿就醒了。关键是醒来不能穷。

阿健说,醒来当穷光蛋也没关系,一天过去后,人又睡着了。

阿健说,白天和晚上时间一样长,人醒来和睡着的时间也一样长,人为啥只相信白天醒来的生活,不相信晚上睡着的生活呢。

阿健妈说,因为人醒来的生活是连着的,睡觉前我是你妈妈,你是我儿子,不管你做了一晚上啥梦,明天醒来我还是你妈妈,你还是我儿子。

晚上的梦就不一样，今晚上你做了这样的梦，明晚上又做了那样的梦，梦不是连着的。东一个西一个。你不能沿着昨晚的梦做下去。所以梦是不可靠的。

那我们要梦干啥？阿健问。

这个要问你二伯去，他是作家。听说作家就是把梦做到家的人。

二伯说梦

梦是我们睡眠中的生活。二伯说。人的睡眠太长了，一生中一半时间在睡觉，要是我们睡着的时候连梦都不做，人半辈子就白活了。所以，一方面梦是给睡眠安排的节目，让人睡着时不至于太寂寞。另一方面，梦也是睡眠中的知觉。也可以说是我们睡着时过的一种生活。

二伯的《虚土》里，就写了一个分不清梦和醒的孩子，他把生活过反了，以为梦是真的，醒来是假的。因为醒来的每天都一样，就像摆在眼前的假花。而梦每个都不一样。所以他认为梦是清醒的，醒是沉睡的。

二伯的书里还说，梦是我们不知道的一种生活。

为啥不知道？

因为睡着了。

我们睡着时，身边醒着的人，看不见我们的梦。也无法把梦打开，走进去。梦没有门。梦的四周都是高墙，一直顶到天上。梦是封闭的时间。

听说也有人知道梦的门在哪，轻轻推开进去。听说梦游人走在别人的梦里，他自己不知道。

二伯的书里还写了一个人，梦见自己给别人干了半天活儿，累得满头大汗。醒来就想找那个使唤他的人去要工钱。结果呢，梦中使唤他的那人早不在人世。他只有原回到梦里才有可能找到他。可是，他能回到那个做过的梦里吗？即使回到那个梦里，他又能想起讨要工钱这个事吗？如果醒来的意识能够进入到睡梦里，说明人已经是醒的。

就在昨晚，二伯梦见自己在戈壁上种了一地西瓜，都扯秧了，大大小小地结了一地瓜。二伯扛着铁锨，从很远的渠里引来水，浇灌瓜地。地头有一间矮矮的瓜棚，二伯站在瓜棚前，远远近近地望，戈壁上空空荡荡，二伯心里什么都不想，仿佛好久以前，自己就站在这个地方。二伯还在梦里写了一首诗。

二伯醒来后，想，我醒来了，那一地西瓜还在梦里，没有醒来。那些在阳光下泛着白光的瓜和摇动的绿叶子没有随我一起醒来，它们还在梦里继续生长。

谁会看管它们。

如果没人看管，一地西瓜会一年年地生长下去，今年的瓜熟透了，烂在地里，瓜子进入土中，明年再发芽长出西瓜。一百年一千年，都不会有人再走进这个生长西瓜的梦里。那片瓜地的景色再没人看见，西瓜的香甜再没人品尝。

会是这样的吗？

如果不是，瓜地还在那里，看瓜的二伯还在那里。醒来的二伯又是谁呢？

二伯说，梦是被"睡"看见的一种生活。就像现实是被"醒"看见的一种生活。人活在"睡"和"醒"两种状态里。

"睡"看见的生活是片断的，我们做的梦总是没头没尾。并不是梦没头没尾。所有的梦，我们没进入之前它早已经开始，我们出来后它还在继续。我们只是从中间插入，进入梦的一个片断里，看见没头没尾的一种生活，很快又被"醒"拉回来。

二伯认为，人有无数种自己不知道的生活，在"睡"中人偶尔闯入梦，看见自己的样子。有的梦里自己是童年，另一个梦里自己是老人。

二伯让人们注意自己做梦时的看见：人在梦里能看见自己的脊背，看见自己跑远，看见自己的脸和脸上的表情，这说明，我们入梦时眼睛在别处，否则我们看不见自己，我们扒开梦的门缝看见自己在里面的生活，我们融入其中，为自己高兴或担心。我们醒来，只是床上的这个自己离开梦了，梦里的自己还在梦里，过着只被我们看见片断的一种生活。

所以，除了写小说的二伯、在单位上班的二伯，还有一个在荒野上种瓜的二伯。他的西瓜年年成熟，我们不知道。那些西瓜都卖到哪了，我们不知道。也许今年吃的最甜的一个西瓜，是二伯那个瓜地里长的。但梦里的西瓜醒来时怎么能吃到呢？

二伯梦里写的一首诗,却被他带了出来。

在野地　我度过长夜
看见天无边无际地亮了
巨大而纷繁的季节
正从我简单低矮的瓜棚旁经过

星光市场的蜘蛛

张欢说,二舅,我告诉你一件事,我们家电脑现在卖得好,都是我的功劳。

张欢说,那天我在过道玩,看到窗帘店门口的走廊上悬着一个黑蜘蛛,我赶紧用一个木棍一下一下把它挑到我们家电脑店门口,一脚踩爆掉。结果,窗帘店里围了好多人,一个生意都没谈成。我们家店里卖了两台电脑,还有人来修电脑,我爸妈忙了一天才忙完,挣了好多钱。我没给他们说,那是这只蜘蛛带来的好运气。

你为啥把它踩爆呢?二舅说。

踩爆了福气就到了,跑不掉了。张欢说。

电脑店在星光市场二楼,一个长长的过道,张欢家的电脑店在南头。张欢每个周末都在电脑店,从过道的一头走到另一头,仰着头朝走廊顶上望,找悬着的黑蜘蛛。

张欢上学的时候，从周一到周五，星光市场二楼的过道上悬着五个黑蜘蛛，有时从窗帘店门口垂下来，有时从服装店门口垂下来，蜘蛛到谁家门口，谁家生意就好一次。后来剩下四只。二楼过道顶是它们的家，蜘蛛网布在墙角，二楼的人都懒，从来不清扫过道廊顶。二楼的生意不如一楼，所以二楼房租便宜，张欢家电脑店每月五百元房租，洋洋家大头贴店每月三百五十元房租。在一楼，一样大的房子，每月要一千多元。

　　张欢说，二楼生意不好主要是楼梯口太臭了，人不愿上。从一楼到二楼有三个楼梯口，全臭气熏天。星光市场没有公厕，对面的小吃店也都没厕所，晚上吃饭的人，把这边的楼梯口当公厕小便。楼梯口的墙上写着"此处小便是牲口"。晚上楼梯口黑黑的，小便的人看不见字，像人一样撒尿。

　　不过，张欢家的金沙电脑店，生意一个月比一个月好。他爸也一天比一天忙。

　　星光街后面又开发了一条步行街，方圆家在步行街买了一个铺面房，说是三十多万。张欢妈也想在那里租一个店面，把电脑店搬过去，两边都做。张欢说，步行街的生意肯定不好，我过去看了，那边的房子太干净，一个蜘蛛丝都没有，蜘蛛不会到那边去，那边就不会有好运气。等到那些房子旧了，房顶有蜘蛛网了，生意才会好起来。

　　张欢妈听了张欢的话，果真就不在步行街开店了。

树梢上的杏子

阿健说,二伯,那棵杏树上的杏子是奶奶留给倩倩姐姐的。谁来奶奶都不让摘,说倩倩姐姐放暑假要回来。到底倩倩姐姐回不回来。

张欢说,二舅,阿健早就盯上那几颗杏子了,树底下能摘到的都给他摘了,摘不到的也用木杆打下来吃了,就剩树梢上那些杏子,奶奶谁都不让动。可是阿健每次来奶奶家,首先眼睛盯着那几颗杏子。有一次,我看见阿健钻到树下面,使劲摇树,结果掉下来两个杏子。我赶紧去告诉奶奶。

张欢说,阿健聪明得很,晚上一刮风,第二天就钻到杏树下面找杏子吃。杏子都熟透了,一点小风就摇落了。我看,那些杏子等不到倩倩姐姐放假,就是不让阿健偷吃掉,也被风刮掉了。

阿健说,一刮风,张欢姐姐也到杏树下捡杏子。我都看见了。

张欢说,我捡的杏子都给奶奶了。奶奶也担心树上的杏子等不到倩倩姐姐放假,她就存了一些,杏子可爱坏了,放不住。

菜园里两棵杏树,一棵白杏,六月就熟了,一棵红杏,六月底熟。今年杏子结得不多。

张欢说,杏树开花时刮了一场大风,好多杏花被风吹落,都落到院墙外面了。往年杏子结得多的时候,奶奶不管,谁来都随便摘着吃。杏子一少，奶奶就管了。一棵树上的杏子，今年谁吃了，谁没吃上，奶奶都记着呢。张欢说，二舅，你给倩倩姐姐打个电话，让她一放假就赶快回来，来晚了那几颗杏子可真留不住了。

会飞的孩子

我们家房边的一排榆树，房子盖好那年栽的，有一棵长得又高又大，都有两房高。我们把很高的东西都用房子做尺度，一房高就是一层房子高，大概三米多高，两房高就是两层房子高，有六七米。旁边老陈家的榆树和我们家的一样高，上面有鸟巢。我们家树上没有。

阿健说，二伯，我们家树上咋没麻雀呢？

二伯说，麻雀最害怕地上跑的孩子，老陈家没小孩，所以麻雀敢在树上筑窝。

麻雀为啥怕小孩呢？

小孩在地上跑的时候，手臂张开，越跑越快，好像要飞起来。麻雀害怕孩子飞到天上捉它们。二伯说。

麻雀不怕大人，麻雀知道大人飞不起来。大人的翅膀朝下垂着，张不开。大人也很少朝天上看。

小孩不一样。小孩一出门就眼睛盯着天上，把云都看得跑掉了。把鸟都能看得掉下来。小孩看天的时候，还朝天上啊啊叫，手臂展开跑。鸟能听懂小孩的叫声。小孩一学会说人的话，鸟就听不懂了。那时的孩子，也听不懂鸟叫了。

阿健、张欢都在我说什么他们都相信的年龄。这个年龄的小孩都相信自己会飞，张开手臂奔跑，跑着跑着变成了大人。本来可能变成翅膀飞翔的手臂，被地上的好多事情缠住。鸟在天上看见很小的孩子就被地上的事情缠住。他们趴在那里写作业，从天亮写到天黑，天黑了还在灯下面写。鸟都在天上叹息，这些孩子早早就把翅膀收起来了。人在还是孩子的时候，曾有一个机会选择，把手臂变成翅膀飞翔呢，还是垂下来拿地上的东西？最后，只有个别的人，把手臂张开，飞走了。在我们看不见的高远处，他们脸朝上，张开翅膀飞翔。

那我们咋看不见天上飞的人？阿健说。

二伯说，你在梦里会看见满天空飞翔的人，你也在飞。二伯也经常在梦里飞。二伯飞的时候，一只手臂朝前伸直，一只朝后并在身边。头发被风吹向后面，大额头上发着光，从地上看像一颗星星一样。

给鸟搬家

阿健一直想把老陈家榆树上的麻雀赶到我们家树上。阿健往老陈家树上扔土块，朝树上喊叫。

怎么才能让鸟在我们家树上也筑窝呢。阿健说。

等你们都长大了，麻雀看见院子里没小孩了，就会来我们家树上筑巢。二伯说。

我想现在就让麻雀来我们家树上筑巢。阿健说。

那我们想个办法吧，先在树上给鸟做个窝，到时候我会让那棵树上的鸟搬过来住。二伯说。

二伯带着张欢、阿健、洋洋和方圆，在院子里做鸟巢。

二伯从小库房里找出锯子、斧头和钉锤，用木板钉了一个方盒子，里面垫上棉花和毛。还把张欢玩旧的一个小布娃娃放进去。奶奶说，鸟害怕人用过的东西，鸟不会进去。二伯又把这些东西取出来，找一些柔软的干草放进做好的鸟巢。

然后，二伯让方圆爬上树，用铁丝把鸟巢绑在最高的树杈上。二伯做木盒的时候，中间隔出了盛放食物的槅档，在里面装了些小米。

鸟巢安置后，第二天就有鸟在树上叫了。

鸟发现巢里的食物，再叫其他鸟过来吃。

过了两天，树上没鸟叫了。二伯说，可能食物吃完了。让方圆上去又放了一些小米。鸟又在树上叫了。

可是，鸟把小米吃完又飞了，没把我们的木盒当窝的意思。

这咋办呢？阿健说。

不急。再想办法。二伯说。

过了一段时间，鸟下蛋了。鸟下蛋的时候，叫声不一样。二伯从鸟叫中听出来鸟下蛋了，而且下了不少。二伯让方圆爬到老陈家榆树上，看看鸟巢里有几个蛋。

有五个蛋。方圆在树上喊。

装在口袋里,拿下来。小心别碰坏了。二伯说。

二伯摸了摸方圆拿下来的蛋,还是热的。对着太阳照了照,里面已经有红血丝。小鸟正在蛋里成形。二伯让方圆把蛋放到我们家树上的鸟巢里。

二伯说,我们把鸟蛋移过来,鸟就会跟着过来。

可是,鸟没有搬家过来。只是在我们家树上叫了一阵,又回到老陈家树上,在旧窝里下了一窝蛋。移过来的几个蛋放凉了,后来放坏了。

二伯的办法失败了。

怎么办?阿健、张欢都着急了。

再等等。二伯说。

又一个月后,老陈家树上的鸟巢孵出了小鸟,在树下都能听到小鸟的叫声。

二伯又让方圆上到老陈家树上,把小鸟全拿下来。方圆上树的时候,鸟一阵乱叫,还在空中用鸟粪袭击方圆,有一块鸟粪,就打在方圆头上。方圆害怕了,二伯让张欢和阿健在树下喊。手臂张开跑。鸟以为张欢、阿健要飞到天上捉它们,飞远了。

方圆把小鸟装在衣兜里拿下来,五只精光的小鸟,张着嫩黄的小嘴直叫。张欢、阿健都围上去摸小鸟。二伯让方圆赶快把小鸟放到我们家树上的窝里,又放了好多小米进去。然后,我们回到院子。

鸟看到自己窝里没有了小鸟,扯着嗓子叫,小鸟也在我们家树上的窝里叫，大鸟听到了，就飞过来，看见自己的小宝宝全搬了家，家里还有好多食物，鸟没办法把小鸟搬回旧巢，只好把我们给它筑的巢当家了。

那以后老陈家树上没鸟了，都落到我们家树上。

老陈不知道我们干的事，我们干这些时，都是在他锁门出去的时候。有一次他锁上院门，到街上买了个东西，回来树上的鸟就搬家了，全搬到我们家树上。老陈望着自己家树上空空的鸟巢，又看看我们家树上的方木盒子，在他们家树上生活了好多年的一窝鸟，从此到我们家树上生活了。老陈想不通，不知道树上发生了什么。

老陈家的两个女儿都出嫁到外地，剩下老陈和媳妇，院子一年四季冷冷清清，只有树上的鸟叫声。现在连鸟叫声也没有了。

张欢说，她经常看见老陈朝我们家树上望。还在他们家树下撒小米，招鸟过去。鸟飞过去把小米吃了，就又回到我们家树上。

二伯听了，心里也觉得对不住老陈。

过了一个月，小鸟会飞了，飞到菜园里吃虫子。

又过了两个月，阿健说，他看见两只大鸟原回到老陈家树上的旧窝里了。我们家树上的窝留给长大的小鸟住了。

二伯听了说，鸟做得很对呢。

现在，老陈家和我们家树上，都有鸟叫了。

偷瓜

　　二伯带着阿健、洋洋、张欢去田野里玩，从奶奶家房子出来，就是田野。二伯骑自行车带着张欢，洋洋骑自行车带着阿健。半下午，太阳烧热，沿着林带的小路，很快走到一片西瓜地边。阿健说，买个瓜吃吧。

　　瓜棚在地那头，一个小草棚，远远的有一个人影晃动。

　　二伯说，我们偷一个瓜吃吧。瓜棚太远了，都是庄稼地，走不过去。

　　阿健说，我们老师不让偷东西，偷东西不是好孩子。是小偷。

　　二伯说，二伯小时候也偷过西瓜，现在长大了，也没变成小偷，变成大作家了。

　　二伯带领几个孩子开始偷瓜了。

　　二伯让洋洋把自行车放倒，我们蹲在水渠沿下，那里有几棵树的阴凉。

　　二伯说，刚才我们站在瓜地边的时候，那边瓜棚里的人已经注意了，我们不要说话，也不要抬头，悄悄地乘会儿凉，等看瓜人不注意这边了，再行动。这次偷瓜，二伯光指挥，不参加，全靠你们。

　　过了一阵，二伯让张欢爬到渠沿，看瓜棚外有没有人。

　　张欢说，没人了。可能进到瓜棚里睡觉去了。

二伯说，现在我给你们分工，你们三个，一个放哨，两个偷瓜。谁想去偷瓜？

三个都想去。

二伯说，阿健留下放哨吧，洋洋、张欢去偷。

张欢说，阿健不听话，光乱跑。放哨不行。

二伯说，阿健去偷瓜也不行，抱不动西瓜。

阿健说，我偷一个小的。

那就张欢放哨，洋洋、阿健去偷。

二舅，咋放哨？张欢问。

你爬到渠沿上，一直盯着瓜棚那边，要是看瓜人从瓜棚出来，就给洋洋、阿健发暗号。暗号就是学羊叫。洋洋、阿健听到羊叫就马上隐蔽起来。要是已经被看瓜人发现了，就学狗叫。洋洋、阿健听到狗叫就赶快跑回来。张欢放哨时要注意隐蔽自己。

那我们咋偷？阿健问。

你跟着我就行了。洋洋说。

对，洋洋是哥哥，阿健出去要听他的。

二伯说，你们俩爬过渠，爬进瓜地边的棉花地，以棉花做掩护，弓着腰走，到了瓜地边，爬着进去，瓜秧有半米高，爬进去不会有人看见。或者从瓜沟里爬着找瓜，一般瓜秧根部的瓜都熟了。

洋洋说，二舅，我会弹瓜，熟没熟指头一弹就知道了。

二舅说，看瓜人一听到弹瓜的声音就知道有人偷瓜了。我们小时候偷瓜都不弹，手摸一下西瓜，表面光滑的就熟了，涩涩的就不熟。

出发前，二舅给阿健、洋洋一人两块钱，嘴对着耳朵交代了几句。

二舅看着他们爬过渠，张欢也藏在一丛草后面放哨了。二舅放心地躺在渠沿上，开始睡觉。

不知过了多久，二舅听见张欢学羊叫，有情况了。二舅从渠沿边抬起头，看见瓜棚前有几个人影晃动，再看瓜地，满地瓜秧，和在阳光下发光的大西瓜，看不见洋洋、阿健藏在哪儿。

二舅说，没事，可能是来买瓜的人，解除警报，继续偷。
解除警报怎么叫？张欢问。

二舅刚才只说了有人出来学羊叫，被人发现了学狗叫。没事了，解除警报该怎么叫，没想到。

就等一等吧。二舅说，他们俩在瓜秧下也在观察动静，觉得没事了自己就会行动。

二舅刚回到渠沿下，就听张欢说，二舅，要不要学狗叫，有一个人往瓜地中间走。

二舅又爬到渠沿看了看，说，先学几声羊叫，再观察一会儿。

那个人走到瓜地中间，弯腰摘了一个西瓜，抱着回瓜棚了。二舅朝瓜地里望，仍然看不见洋洋、阿健，他们俩藏得真隐蔽啊。要在一地瓜秧中找到他们俩，比找一个熟瓜还难。

二舅放心了。

过了好一阵,二舅都快睡着了,听张欢说,他们回来了。

二舅睁开眼睛,看见洋洋、阿健一人抱一个西瓜,满身满脸的土和草叶。

洋洋偷了一个大西瓜。阿健偷的瓜,一看就是个生瓜蛋子。二舅在树下的阴凉里,把瓜打开,一人掰了一块。瓜半生不熟,二舅吃得却很有味。二舅小时候也偷瓜,瓜不熟就开始偷,多半偷的是生瓜,等满地的瓜熟了,看瓜人看得紧,就不好偷了。二舅吃到生瓜想起自己小时候吃瓜的味道。

二舅问,你们刚才害怕了吗?

洋洋说,听到羊叫的时候,阿健害怕,说,我们跑吧。那时我们正趴在瓜秧下面,我把阿健按住了。过一会儿羊又叫了,我们就用西瓜叶把自己藏得严严实实。阿健太可笑了,他躺着,把腿和头都伸到瓜秧下面,又拉了几个西瓜叶把身体盖住,后来瓜秧缠在身上,差一点出不来。

那你们怎么知道没事了?二舅问。

因为羊不叫了,我们就知道没事了。要有事羊就会叫。洋洋说。

我给你们的钱呢?二舅问。

放在地里了。洋洋说。

咋放的?二舅问。

我们在摘掉西瓜的地方,放两块钱,用土块压住。阿健说。

二舅小时候偷瓜的故事

二舅那时偷瓜,都是有一身行头的。进瓜地前,准备半个瓜皮,像钢盔一样戴在头上,再扯一些瓜秧披在背上。这样趴在瓜地里,看瓜人从身旁走过都看不见。

瓜地边都有水渠,几个人一起偷瓜,一个放哨的,两个爬进瓜地,把摘的西瓜滚进水渠,另一个人在离瓜地很远的水渠下游,等着西瓜漂过去。偷够了,也爬进水渠,朝下游游去,遇到渠拐弯,被草挂住的西瓜,帮着推一把。西瓜顺水往下漂的时候,就像一个不会游泳的人,翻滚着,一会儿头没到水里了,一会儿又顶出来。

二舅那时候偷瓜是真偷,可没有两块钱放在地里。二舅长大后,有一年,在沙漠边旅行,口干舌燥,看见一片西瓜地,没人看守,二舅进去摘了一个西瓜吃了,又摘了两个放在车上。二舅走的时候,在西瓜压出的土窝里,放了十块钱,用土块压住。

第二年春天,二舅又来到这片沙漠边,看见满地的西瓜烂在地里,二舅放的十块钱还在那个土窝里,被一个土块压住,可能淋了几场雨,又被开春的雪水浸泡,钱都变颜色了。

一地西瓜怎么没人收获呢?二舅想,可能种瓜的人自己忘记了。瓜地周围看不见一个村子,也看不见一间房子。种瓜的人从哪来的呢,他种了一地西瓜后又去了哪里。可能回到看不见的村庄,干其他活儿了,忙着忙着就忘记了远处这块地。

好多人在远处播过种，在他们年轻时，跑很远的路，开辟荒地，胡乱地撒些种子，有些人守在地边，等到了收成。有些人继续往前走，他播撒的种子在身后开花结果，他不知道。他把自己干的事忘掉了。

二舅也忘掉了好多事，现在回过头，想起来一些。还有一些往事沉睡着，就像那块西瓜地，在主人的遗忘里，它年年长出一地西瓜，直到有一天，那个扔下它们的人原路回来。

想到这里二舅的脑子里轰的一声，二舅突然想起来，这就是自己早年梦见的西瓜地，地头的瓜棚也一模一样。怎么会是这样呢？看守瓜地的自己又去了哪里？二舅想，可能我无法在远处遇见自己，只会看见我干过的事。

二舅说偷

二舅说，偷是人最古老的一种本性。在我们人类还是孩童的遥远年代，大地上长满瓜果。那些瓜果不是任何人的私有财产，我们处在孩童时期的祖先，看见果子就伸手采，遇到西瓜就弯腰摘。千万年里他们就是这样在生活。

只是到后来，大地被一块块地瓜分了。地上的瓜果成了一些人的，另一些人没有权利采摘，采摘别人的瓜果被说成了偷。偷成了一件耻辱的事。有个成语叫瓜田李下——"瓜田不纳履，李下不正冠"。意思是君子要堂堂正正，从瓜田经过的时候，即使鞋带松了，也不弯腰去系；从李子树下走过，即使帽子被树枝刮歪了，也不要伸手去扶。以免让别人误解自己在弯腰偷瓜，举手盗李。

在孩子身上，能有幸看到一些人类童年的影子。孩子一见树上结着果子，就会伸手去摘，这和我们千万年前的祖先多么相像。这是最本能最天真无邪的动作。大人看见树上的果子首先会想，这个果树是谁的。孩子心中没有这个概念，或者在孩子心中，果树都是大地的。

尽管人类早已经长大到成年，但我们的孩子还在童年。每个孩子都生活在全人类的童年。从孩子身上我们看见遥远的祖先。祖先繁衍养育了我们，现在回头看，祖先就跟孩子一样。

二舅变成了玉米

张欢做了一个梦，梦见二舅变成一棵玉米，长在我们家西边的地里。张欢把这个梦告诉奶奶。张欢晚上和奶奶住在后面的土房子。张欢早上问奶奶，你梦见二舅没有？奶奶说没有。张欢说，奇怪，我二舅变成一棵玉米了。我从那块地边走过，一眼看见二舅长在玉米地里，身上结了两个玉米棒子。

过了半个月，二舅回沙湾，奶奶把张欢的梦告诉二舅。二舅又去问张欢，你怎么梦见我变成玉米？张欢不好意思，她不想让奶奶告诉二舅。她可能觉得,让二舅在自己的梦里变成玉米,不是好事。

我变成玉米,你怎么就认出我,那块地里就我一棵玉米吗?二舅问。

满地都长着玉米。张欢说。我也不知道,我觉得里面有一棵玉米就是你。我喊了一声二舅。你变成玉米也是我二舅。

那我答应了吗?

你答应了。你好像摇了几下玉米叶子。然后我看见满地的玉米都在摇动,空气也在动,我有点害怕,地边的路上空空的,我朝前看,朝后看,都没有人,就跑回来了。

我回到家里院子也空空的,我喊奶奶,没人答应。

我想快些把你变成玉米的事告诉奶奶。我觉得这个事很重要。二舅变成玉米长在一块地里,都长熟了,万一被人收割了,怎么办。

我一着急醒来了。张欢说。

二舅回到乌鲁木齐,老想自己变成玉米这回事。二舅专程跑到城郊的玉米地里,直端端地站了一个小时,闭着眼睛冥想自己变成玉米是什么样子。二舅身边站满了高出一头的青玉米,二舅因为来得晚,没有位置,不能挤进去和那些玉米并排站着,就站在两行玉米中间,当时刮一丝小风,玉米叶子轻轻摇动,拍打二舅的脸和胳膊。二舅想,玉米给自己打招呼呢,自己也不能傻立着,就学玉米的样子摇晃身体,像喝醉酒一样。二舅晃的时候,右手臂碰到一棵玉米的青棒子,左脸挨着一棵玉米的黄穗子,感觉痒痒的,舒服极了。还有一只虫子,落在二舅脸上,爬过脸走到脖子,朝衣服里钻。二舅没管它。二舅想,玉米也不会在意一只虫子趴在身上。二舅听到玉米叶哗哗的声音,就想,玉米在说什么呢,是不是在议论自己。玉米会怎样议论自己呢,二舅想不清楚。二舅想,我要早点来到玉米地,多待一阵子,可能就能听懂玉米的语言了。二舅腿都站困了,脚也站麻了。二舅想,玉米也不容易啊,要这样不动地站好几个月,可能脚早就麻了。二舅就想,万一我真的变成玉米了,我会抱个板凳来,站累了坐一阵,靠着打个盹。晚上趁他们不注意,躺下睡一阵,我才不会老老实实站一辈子。

二舅这样想的时候,觉得离玉米已经很远了,刚才触到玉米叶子的那种感觉也没了。二舅想,自己还是没变成玉米,老把自己当人想,没有当一棵玉米想。

玉米又是咋想的呢?

二舅离开玉米地,回到家里睡了一觉,才想清楚。

二舅走出玉米地时,好多玉米叶子在拉扯自己的衣服,像在挽留不愿二舅走。二舅也动情了,拥抱了好几棵玉米,还用手轻握着一棵玉米的饱满青棒子,吻了一下,忍不住要掰了带回去煮着吃,又忍住了。

二舅离开老远了,回头看见一地玉米还在摇动,向自己招手。二舅也向玉米们招招手,转身进城了。

二舅回到家睡了一觉。二舅有一个毛病,遇到想不清楚的事情，睡一觉就清楚了。二舅从来不苦思冥想。

二舅被身上的一阵痒痒痒醒了，感觉一个小东西在衣服里。二舅脱了内衣，在袖子的接缝处，发现一只虫子，带甲壳的，芝麻大小，二舅认出它了，是在玉米地时从自己脸上走到衣服里的那只。好像在衣服的布缝里睡着了。这个小东西，可找到睡觉的好地方了。二舅用两个指头，把小虫子捏住。小家伙紧张了，丝线一样细的小腿使劲蹬。该怎么处理这个小家伙呢？把人家从郊区的玉米地带到城市，可不能亏待了人家。二舅想。

二舅家里有几盆花，原想放到花叶子上，不知小虫吃什么，还是放到外面吧。二舅家的小区有树林和草坪。二舅走到窗口，往下看了看。二舅住在五楼，把小虫扔下去肯定会摔死。

怎么办呢。老捏着也会捏死。

二舅把虫子放在床单上，放下它就跑。二舅想，让你跑吧，跑一天也不会跑到床边。

二舅到书房拿了一张纸，叠了一个纸飞机。二舅回到卧室，看见虫子还没跑出一拃远。二舅把小虫捏起来，放在纸飞机背上，怕它在空中掉下去，又用一点口水把小虫粘在纸上。然后，二舅把身体伸出窗口，对准楼下的草坪，把纸飞机扔出去。

二舅看着纸飞机在空中飘浮，转了一个圈，落在一棵叶子稠密的榆树上。二舅想，也算对一只小虫有个交代了。只是不知道刚才，它在纸飞机上害怕了没有。

那玉米的事呢。二舅想，我在张欢梦里变成玉米，这件事已经没法改变了。二舅不能修改张欢的梦。张欢也不能修改自己的梦。那件事已经发生过了。二舅已经变成玉米了。

二舅去玉米地里站了一个小时，就是把变成玉米这个事实还给玉米。二舅已经变成玉米了，不能不当回事地还在人群家里混。也许张欢梦见二舅变成玉米的一瞬间，一棵玉米已经变成人。玉米地里已经少了一棵玉米，人群里多了一个人。二舅得到玉米地把那个空位子占住。

二舅很看重张欢做的梦。张欢在梦里看见的，可能就是二舅的另一种生活——在另一个世界里，二舅直直地长在玉米地，已经结了两个棒子。张欢还能从一地的玉米中，认出二舅。说明二舅变成玉米，也是特别的一棵。

二舅想，做人就好好做人，做虫子就好好做虫子，做玉米就好好做玉米。不能做了玉米了，还怕站着累，想有个椅子坐坐。玉米坐椅子肯定比坐老虎凳还惨呢。

我小时候会说鸟语

阿健爸爸朋友家的狗生小狗了，给阿健爸送了一条，说拿回去让阿健玩。阿健从小只玩塑料狗、机器狗和布做的狗，没和真狗打过交道。

狗满房子跑，阿健满房子追。狗叫阿健也学着叫。

那时阿健一岁多，正学说话，阿健妈担心阿健把狗叫学会了,见了人就叫。小孩张口学话的时候,学会啥就是啥,以后都很难改掉。

阿健爸说,阿健要真能学会狗说话,那比学会多少种外语都有用。现在的孩子,上小学就学外语,目的是让孩子长大了,和他们一辈子都见不了几面的外国人交流。从没有哪个学校教孩子说狗语,学鸡叫,让孩子从小能和身边的一只小狗小鸡交流。

阿健爸说,我们小时候,住在乡下,院子里跑着鸡,门口拴着狗,房前屋后的树上落着鸟,筑着鸟巢。我们不但能听懂鸡叫牛哞狗吠,连鸟叫都能听懂。那时学校还没开外语课,我们在家里学狗叫、学羊叫、学鸟叫。都学会了。这些要算外语,我们会五六种呢。现在,偶尔看见有鸟从县城飞过,叫几声,我还能听懂大概意思呢。只是从来没人请我翻译鸟叫。那些养鸟的人,也不愿请我去翻译,他们听鸟叫只是听听声音,并不想知道鸟在叫啥。再说,把鸟叫翻译成人的话,就不悦耳了。人想听见的是鸟的悦耳叫声,而不是鸟叫的含义。鸟关在笼子里,说的多是骂人的话。翻译过来人也不愿听。天上树上的鸟,说的话跟人又没多少关系,翻过来人也不愿听。

阿健爸说,小时候在村里,我们没事就翻译鸟说的话。鸟在树上叫,我们在树下听,把鸟叫译成人的话,说给别人。我们从鸟嘴里知道了好多事,鸟在天上看见的事比人多。鸟的嘴碎得很,鸟脑子又小,装不下事情,看见啥不经过脑子就叫出去了。所以鸟说的好多话我都不想翻译,我要把鸟叽叽喳喳的叫声都翻译成人话，我就成一个碎嘴的人了。我可不想当这样的人。

阿健爸上小学四年级时，用鸟说的话写了一篇作文。鸟在屋后一棵柳树上说关于鸟巢的事。

母鸟说，老公，今年风多，我在窝里下蛋老觉得不稳，你下去捡几个草枝吧，把我们的窝再加固一下。

公鸟说，老婆，你就放心下蛋吧，我筑的巢我知道，牢固得很。

母鸟说，你就是懒，让你加固你就加固一下，站一站也老呢。飞下去衔几根草能累死你吗。

公鸟说，你赶快眼睛闭住下蛋吧，劲都用在嘴上了，你看那边榆树上的母鸟，都下了三个蛋了。

母鸟说，别人的老婆好，它下了十个蛋跟你一根毛的关系也没有。你还是操心一下自己的窝吧。要么去给我捉几个虫子当零嘴，我这阵子咋这么嘴馋，光想吃好东西，想吃酸东西，你给我捉几只蚂蚁吧，蚂蚁肉是酸的。

阿健爸把这篇作文交给老师，老师看完表扬了他，说有想象力，两只鸟的对话编得很好。

阿健爸说，不是我编的，全是真的，我听到鸟就这么说的。

老师说，事情是不是真的没关系，只要写得跟真的一样就是好作文。文学的最高真实是虚构，这个你们现在还不懂。

阿健爸没再和老师争真和假的事，后来又把两头猪的对话写成了作文。

我们家的一头猪，和韩三家一头猪，有一天躺在后墙根的窗台下面，哼哼唧唧说话。它们先说吃的，一个问，早食吃了些啥？

半盆剩饭，加了些煮熟的草，饭好像馊了，人不吃，就倒给我了。

你呢，早晨吃到好东西了吧。也不擦嘴，看你的猪嘴上都是食物，小心狗舔你嘴上的食把嘴咬了。

然后两个猪开始议论自己家的主人，说的全是人的事。猪夜夜睡在窗台下，人家里的啥事情都听到了，猪把听到的人话，翻译成猪话说出来，阿健爸再把猪话翻译成人话，就不是以前的味道了。那些话在人、猪、人之间倒腾了三次，完全走形了，变成另一种味道的语言。

阿健爸用这些语言写成的作文，又一次受到老师表扬。老师还是表扬他想象力好，把虚构的东西写得跟真的一样。

阿健爸也一直没争辩。

阿健爸后来到县城法院当法官，全是跟人打官司，小时候学的动物语言就一直没用处，荒废了。家里有了小狗后，阿健爸经常和小狗说话，也让阿健学小狗说话。可是，小狗听不懂人话，人必须用狗叫和它交谈，它才能听懂。阿健爸觉得，这样有失身份，自己是一个法官，汪汪地学狗叫，不体面，就不怎么和小狗交谈了。这样就逼得小狗开始学人话，至少学会听懂人话。小狗果然就学会听懂人话了。交流起来也方便了，人说人的，狗叫狗的，相互听懂多少算多少。

小狗妈死了

阿健的小狗被抱走了,说去陪陪它妈。阿健爸的朋友一家去了内地,走前把狗寄放在一个亲戚家。狗没日没夜叫,后来竟绝食了。

赶紧打电话给主人,狗主人说,狗陪了他们好几年,有感情,它以为我们把它送人,不要它了,所以它伤心。其实我们只是出来旅游,一个月就回去了。这些事给狗又说不明白。

那咋办呢?

阿健家有它的一个儿子,抱过去陪它几天,我们就回去了。狗主人说。

可是,狗看到它的孩子叫得更厉害了。母子俩一起叫。人不知道它们在叫什么。大狗看着小狗,小狗看着大狗,汪汪叫。

再打电话给狗主人。主人说,这下完了,狗看到自己的小狗,肯定更伤心了。它以为小狗也被它的主人抛弃了。一起伤心地哭叫。

要想办法让狗知道我们没抛弃它,只是出来旅游,暂时把它寄放在别人家。

怎样才能让它知道呢?

把电话贴到狗耳朵上,主人给它说话。

狗听到电话里主人的声音,爪子扒着要钻到话筒里去,还绕到话筒后面找主人。最后,狗弄清楚主人的话是从一截没有味道又咬不动的干骨头里冒出来,狗吓得跑远了。

这个办法不行,主人又想了个办法。从网上发一张全家人的照片,让亲戚放大了冲洗出来,给狗看。照片中主人一家人都面带微笑,就像平时那样。

照片放了和真人一般大,挨地贴在墙上。

狗看到主人家的照片,一下扑过去,小孩似的哭,嘴对着亲,往照片上的人身上爬。但很快,狗又退了回来,眼睛愣愣地看着照片。

这天晚上,再没听到大狗的哭叫,以为它明白主人的意思了。第二天一早,发现大狗躺在照片前面死了。

大狗死了后,小狗原送回到阿健家,送来的人讲了大狗死去的事,阿健抱着小狗一起听。听完了,阿健说,狗狗可怜,没有妈妈了,就把我妈妈当你妈妈。

阿健爸说,狗妈妈肯定是看了主人的照片,不想活,死掉了。

狗是靠嗅觉认人的,狗先是听见一截干骨头一样的话筒里冒出主人的声音,就已经认为主人变成骨头了。狗又看见照片上的主人,扑过去,发现照片上的主人没有人味道。狗更坚信主人一家都不在了。狗觉得自己活着没意思,就断气死了。

堆雪人

雪人站在菜园里,用两只红塑料瓶盖做的眼睛看我们,用一只小黑塑料瓶盖做的鼻孔出气,用一截细草枝弯成的嘴抿着笑。

大年三十,一家人都来了。今年少了东东,他在外地当兵,打来电话,和他妈说话,说着哭开了。他妈跑出来,倩倩接着说,不哭了。倩倩和东东在一个院子里同年同月出生,又一起长大到上学,东东迟出生十五天,就叫倩倩姐姐,从小听倩倩的话。小时候倩倩长得比东东快,毕竟早出生半个月。现在东东长得快了,个子超过倩倩。依然听倩倩的话,叫倩倩姐姐。

几个孩子都长个子了,奶奶说,倩倩都像个大人了,一下就不一样了。方圆个子长过了他爸他妈,洋洋也和他妈一样高了。只有阿健,长了看不出来的一点点。张欢说,阿健长得太慢了。阿健说,张欢姐姐长得也慢,矮矮的。张欢说,我慢慢长着等你呢。

雪人站在菜园里,忘了给它做耳朵,啥也听不见。雪人不能有耳朵,我们家过年,准它看见闻见,抿着嘴笑。不准它听见。年三十家里太热闹,雪人听见了会化掉。

每年都热闹。我们一家人,大小二十几口,谁都没在外地过过年,走多远年三十都赶回来。今年东东回不来。明年还有谁回不来,不知道。我们都知道年三十要回来。回不来也要回来,电话打回来,钱寄回来,年货捎回来。三十回不来初一初二也要赶回来。回到爷爷奶奶家,爸爸妈妈家。

第一个雪人是二伯领着大家垒的,先用雪块垒了两条腿,一块长冰块搭在两条腿上,再往上垒身子,身子上垒脖子,脖子上放一个圆雪块当头。垒出的雪人像机器人。

二伯小时候没垒过这样的雪人。那时候雪又白又厚,堆一个大雪堆,用铁锨铲出头、身子,在头上雕出脸,脸上挖出眼睛。两边用指头捣洞,算是耳朵。

还有一个方法就是滚雪球,滚一个大雪球当底座,滚一个中雪球当身子,再滚一个小雪球当头,拾一个破草帽给他戴上。一个雪人就完成了。想让它看见什么就抠出眼睛,想让它说话就挖一个嘴,想让它听见就用指头捅两个耳朵眼。不过我们很少给雪人做耳朵,好像是大人说的,雪人听见声音就想走进门。

二伯把这个雪人垒得太高了,一条腿没站稳。垒好刚拍了张照片,正要离开去吃饭,雪人一下倒成一堆雪块。雪人倒的时候没有一点声音,只听阿健说,雪人倒了。我们全回头,阿健一个人站在雪人边。张欢说,是阿健推倒的。阿健说,我没动,它自己倒的。

初一我们过来时,看见菜园里站着一个小雪人,一样两条腿,和昨天做的一样,就是矮了一些,好像昨天那个雪人的孩子。张欢说,是她和她爸一起做的。

初三小雪人旁又多了一个,矮半拃,像一个雪人妹妹。

两个雪人站在菜园里,香蕉皮做的金黄头发上,戴着红色的鞭炮盒帽子。雪人不扭头,一个看不见一个。但是,大的知道有一个小的,妹妹知道有一个哥哥,站在身边,望着我们家过年。

张欢说,晚上她听见菜园里有人走动,两个雪人,手拉手,在雪地里走,拾我们放过的鞭炮,往空中扔,把红色的鞭炮盒戴在头上,走到窗口侧着耳朵听,听见爷爷打呼,奶奶说梦话。又去推了几下门,没推开。幸亏没推开,炉子里的火轰轰烧着,雪人进来就化成一摊水了。

第二天一早,张欢出门看见雪人还站在那里,一动不动,好像昨天晚上什么事都没发生。

雪人化了

张欢说,雪人是一点点化了的,先是头上冒汗,像一个很虚弱的人。那时我就担心它不行了。

后来有一天,我放学回来,大雪人的头不见了,掉在地上。没头的大雪人和小雪人一般高。

雪人妹妹可能不知道哥哥没头了。雪人妹妹的眼睛融化了,看上去很伤心。香蕉皮的头发也蔫蔫的。草枝弯成的嘴也嶡起来。

又过了几天，张欢说，她看到大雪人的肚子凹了进去，感觉它支撑不住了。小雪人的头也越变越小，身子越来越瘦。对于雪人来说，可怕的春天来了。

终于有一天，大雪人倒了，是仰面朝天倒的。

大雪人倒了以后，小雪人一直顽强地站着，眼睛在流泪，身上在出汗，像一个极度伤心又虚弱的人，

另外一天，张欢中午放学回来，小雪人也倒了，也是仰面倒的，和雪人哥哥倒在一起。

四根当腿的雪柱子，还立着，一直立到二舅从乌鲁木齐回来。它们好像有意要二舅再看它们一眼。

看一眼又能怎么样呢，二舅也救不了它们。

谁能救它们呢。

除非我们当初不垒这两个雪人。我们垒了它，给它做了眼睛看，做了鼻子闻，做了嘴巴说话。让它站在菜园里，站了一个月。我们不能阻止春天到来。春天在二舅不在的时候，来到爷爷奶奶的院子，这期间坠落在地上的雪人头和身子化掉，地上的雪化掉，露出去年秋天翻耕过的土壤。

田野一露出土，二舅就回来了。二舅说，看见土从雪被下露出来，比看见花开更舒心。

可是，看见雪人消了二舅还是伤感了吧。二舅进门出门，眼睛都看见没化完的四条雪人腿，想到雪人站在那里望我们的样子，想到过年时我们一起堆雪人的情景，想到吃年饭时一家人的欢笑，想到倩倩姐姐穿着红衣裳，站在一旁看我们

堆雪人，倩倩姐姐走了有两个月了，二舅也该想念他的女儿了。

再过半个月，埋在土里的葡萄藤会挖出来，搭上架。菜园里的杂物收拾干净，奶奶该种今年的蔬菜了，肯定还和去年种的一样，六垄西红柿，五垄茄子，四垄辣子。一小块芹菜。两架黄瓜。韭菜不用种，去年的根，韭菜芽早早长出来。

当然，对着门窗的菜地边还会种一排花。有高大的鸡冠花、大理花，矮小的叫不上名字的其他花，每年都一样，开门推窗先看见花，下菜地的阶梯两边都长着花，一个中午花朵把路挡住，奶奶摘菜进屋，满衣裳的花粉。

雪人站过的地方今年会种什么呢？也许是两棵西红柿，一高一矮，雪人一样站着，妹妹缠着哥哥的腰，哥哥搭着妹妹的肩，满身红红绿绿的柿子，看我们。

今年的南瓜

大中午，院子里剩下张欢和奶奶，爷爷睡觉了，鼾声和胡话传出屋子。奶奶把爷爷的梦话叫胡话，爷爷平常说得不对的话，奶奶也叫胡话。奶奶不睡午觉，中午睡了晚上就睡不着，张欢也不睡，陪奶奶坐在葡萄架下，奶奶说，那个南瓜秧今年一个瓜都没结，我天天过去看，光长叶子开谎花了。张欢说，我也天天过去看，它的叶子长得最大，秧最粗，就是不结瓜。

我想把它拔掉算了。奶奶说。

拔掉种啥都晚了。奶奶说。

还是长去吧。长着看个样子。奶奶说。

张欢心不在焉,拿个木棍在地上乱画,再坐一会儿,张欢就上学去了,院子剩下奶奶一个人,爷爷要睡到太阳斜过去,才醒来。醒来后爷爷喝一碗茶,再装一瓶茶,就骑自行车走了,爷爷每天下午到县城公园听小曲,爷爷也会唱小曲,有时候自己唱一段。陪着奶奶的只有树上的鸟,鸟越来越多了,大中午也不休息,飞来飞去地叫。

爬到头顶葡萄架上的南瓜秧,结了一个大南瓜,秧头掐断了,劲都用到一个瓜上了。去年这棵秧上结了三颗金黄南瓜,前年结两颗红南瓜,倩倩的相机都拍下了。那个一墙绿色的南瓜秧中间结两个大红南瓜的照片,一直放在二舅电脑的屏幕上。张欢和奶奶都喜欢那张照片。

每年在同一个地方,种南瓜。好像还是去年的那棵。只是南瓜结的地方不一样,今年结在架上,去年吊在半腰,前年的南瓜结在哪,照片上有呢。

黄瓜、芹菜、韭菜、辣子、西红柿、豇豆,也都长在去年的地方,葡萄沟里两墩蕉蒿也从去年的老根发出新枝,每年菜园的景色都一样,去年前年大前年,都一样,明年后年大后年,也一样。我们在这个院子的生活,也一样,不会有什么变化。这样的生活,像照片上的那架南瓜,永远地停在那里,多好。

阿健的两篇作文

羊和狗

奶奶家院子里,原来只有一条狗,后来一位叔叔送了一只羊,狗窝在奶奶的菜园边上,羊拴在鸡窝边,羊一天到晚咩咩咩,狗一天到晚汪汪汪,简直是羊犬不宁。

狗一直想吃羊的肉,羊想霸占狗窝。如果哪一天羊绳子和狗绳子全部开了,羊飞快跑向狗窝,狗飞快追羊,那场面很热闹。不过你看不了多久,奶奶会抓住羊,爷爷会逮住狗,把它们各自拴回自己的地方。

羊恨着狗,狗也恨着羊。羊和狗,唱大戏,没完没了。

三棵大树

我奶奶家门前有三棵大树,第一棵又高又大,第二棵又长又宽,第三棵又小又瘦。

一天天过去了,第三棵树长高了,第一棵第二棵慢慢长老了,它们三棵就像一家人一样,第一棵好像爸爸,第二棵像妈妈,第三棵像孩子,它们在一起快乐生活。

我不知道它们在风雨中受了多少苦头,人有家,树没有家,人们有头脑,树虽然没有头脑但也像人一样穿着绿色的衣服美丽的灰裤子。

砍树的人不能随便砍树,如果乱砍树就像砍人一样,这个世界上就会没有人也就没有树。树没有了动物也没有了,世界就会变得黑暗,所以树不能随随便便砍。

天气渐渐地凉了,三棵大树的叶子也一片片落了,好像告诉我们冬天要来临了,小朋友们要穿暖和一点不要受凉感冒。三棵大树你们是宝贵的树要快乐生长。

张欢的作文

奶奶

我的奶奶有七个儿女,每个儿女都对她很好。就从我大舅说起吧,他非常孝顺我奶奶,他是个农民,每年种地都要贷款,他一贷上款就要给奶奶一些生活费,奶奶总是说:"不用了,不用了,我手头还有些钱,你都贷款种地,起早贪黑没日没夜的汗水钱,我不要。"大舅说:"妈妈,这是我应尽的责任,从小您和父亲辛辛苦苦把我们拉扯大,是那么的不容易呀,您就收下吧。"现在大舅在很远的地方工作,每个月都回来一两次,每次回家总是带上一些奶奶爷爷爱吃的东西,一进大门,就笑眯眯地喊:妈,我回来了。每次过节的时候忙得回不来,他总会给奶奶打个电话,问候几句,聊聊家常。

二舅对奶奶很好,他是儿女中最顾家的一个了,他每次回家跟奶奶聊天,问大哥回来没有,问他的弟弟妹妹过得怎么样。秋天来的时候又问冬天的煤拉了没有,每次回来都给奶奶点零花钱。前几年二舅问奶奶来新疆多少年了。奶奶说都四十年了。二舅又问,您想不想回老家去看看。奶奶说:

家里也没有什么亲人了，就剩下哥哥、嫂子。那年二舅带上奶奶回老家了。奶奶从老家回来遇到亲戚邻居就说：我回老家了。那段时间奶奶脸上总是笑眯眯的。

今年八月二舅回来了，奶奶在喜来健做理疗。二舅问，您做的行不行？奶奶说，还可以，我以前有风湿病现在好多了。二舅说，要是可以就给你买一台在家里做。奶奶说，不用了。太贵了，一台机子一万多，以后再说吧！其实奶奶是舍不得让儿女们花钱。三舅对奶奶也非常好，三舅说，冬天马上就要到了，一个老人跑来跑去做喜来健也不方便，万一摔倒了，也没有人扶，太危险了。就和二舅商量他们合伙买了喜来健机子，现在奶奶天天在家做，奶奶十分高兴。三舅每到周末都要回来看奶奶，买上奶奶爱吃的水果，钻进厨房看一看缺什么东西，下一次来的时候就会带上，三舅妈也是如此，每次奶奶要是生病了，三舅妈就带奶奶去医院检查。打针，买药，回到家的时候还扶奶奶上下楼梯。去年十月二舅妈放了几天假，就打电话让奶奶去乌鲁木齐，她陪奶奶到处玩，她还说你年轻的时候受了不少苦，现在老了，您就多出来转一转，玩一玩，不要多操劳家里的事。四舅和四舅妈对奶奶也特别好，每年一到秋天就带回来他们自己种的南瓜和瓜子。大姨妈和我妈妈那就更不用说了，基本上是天天回家陪奶奶聊天帮奶奶做饭，就我是最幸福的了，我从小是奶奶管大的，他们每次回家带来的好吃的我都可以吃上，你说我幸福不幸福啊，有时我要是回店里住几天，就想起奶奶和爷爷在家里太孤独了，非要我爸爸妈妈送我回来陪奶奶，今

205

年过年，我们家热闹极了，倩倩姐姐从北京上大学回来了，就我东东哥哥当兵没有回来，大年三十那天东东哥哥打电话回来说特别想家，想大家，他都哭鼻子了，奶奶做了一大桌子好吃的菜，第一杯酒他们都先敬奶奶爷爷身体健康，万事如意，奶奶开心得乐开了花。

后记

　　张欢是我小妹的女儿，十三岁，上五年级。阿健和方圆是我的侄儿，阿健九岁，上三年级；方圆十四岁，上初中。洋洋是我大妹妹的儿子，十四岁，也上初中。东东是我大哥的儿子，初中毕业去当兵。倩倩是我女儿，在北京上大学。我们家兄弟姊妹七个，我排老二。张欢和洋洋叫我二舅。阿健和方圆叫我二伯。

　　张欢和方圆跟爷爷奶奶住一起，张欢和奶奶住大床，我回去住小床。几个孩子经常在院子里玩。我回去时家里人都聚到后面的院子。我们把父母住的院子叫后面院子，或者后面房子。前面还有一院房子，以前我住的。后来我大哥住。现在租给别人住。

　　后面房子是我们一大家人聚会的地方，大人在一起说话，孩子在一起玩耍。吃饭时一张桌子坐不下，大人坐一张大桌子，小孩坐一张小桌子。

　　张欢喜欢和我说话，我在院子的葡萄架下面打字，张欢蹲在我身边，给我说家里的事，说爷爷奶奶，说阿健，说方圆和洋洋。家里的琐碎小事，几乎都是张欢告诉我的。我把张欢说给我的事打出来，让张欢看。张欢也让我看她写的作文，她和阿健都有写作天赋，能写出很有灵气的文字。我有时也给张欢指导作文。我正写我的第一部长篇小说《虚土》，写得很费心思。这些记述家里小事的文字，给了我许多消遣。小说的一部分，就是在这个有葡萄架的院子里打出来的。

我打一会儿字，关了电脑转一阵。或者抱着电脑，看几个孩子在院子玩耍，母亲下菜园摘菜，父亲骑自行车回来，他去公园听戏，他自己也唱，我没去听过，张欢去听爷爷唱过戏，张欢跟我说爷爷唱的小曲：

你把我的小毛驴卖掉干啥？
我嫌它见了母驴叽叽嘎嘎。
你把我的小案板卖掉干啥？
我嫌它切起菜来坑坑洼洼。
你把我的切菜刀卖掉干啥？
我嫌它不切菜来光切指甲。

我还带几个孩子到屋后的田地去玩。骑自行车在长满棉花、玉米和蔬菜的田地间转一大圈，再回到家。女儿倩倩在家的时候，我似乎都没有这样陪过她。女儿小时候，我也年轻，坐不住，四处跑，在乌鲁木齐打了好几年工。现在我愿意天天坐在家，坐在父母的院子里，有耐心陪孩子玩的时候，女儿已经上大学去了，一年回来一两次，匆匆待几天又走了。我的身边是弟弟妹妹的孩子们。我看他们玩耍。陪他们玩耍。有时给他们说说作文。我不在时家里的一切大小事，都在张欢的脑子里，张欢会一件一件说给我。张欢自己也用作文记家里的事。阿健的作文里也有写家里发生的事。阿健给我的感觉是永远停不住，不是在跑就是在叫，跑的时候手臂张开，像要飞起来。我的这些文字，都是跟他们一起写的。我也喜欢他们写的作文。我录了两篇放在上面。